엄마 A 그리고 좀비

엄마 A 그리고 좀비

제9회
ZA 문학 공모전
수상 작품집

배예람
최정원
성재하
담장

황금가지

차례

엄마A 그리고 좀비 —7

기항지 —47

식귀 —93

그날, 독족하초 재배실에서 —139

엄마A 그리고 좀비
엄마A 그리고 좀비

배예람

앤솔러지 『대스타』에 「스타 이즈 본」을 수록하며
작품 활동을 시작했다. 소설 『사단법인 한국괴물관리협회』,
『살인을 시작하겠습니다』, 『좀비즈 어웨이』,
에세이 『소름이 돋는다』 등을 펴냈다.
느슨하더라도 포기하지 않고 이야기를 쓰는 삶을 목표로 한다.
끔찍하고 잔인한 상황 속에서 인간의 보편적인 감정을 깊이
파고드는 이야기를 좋아한다. 무섭고, 기괴하고, 피가 쏟아지고
내장이 너덜거리는 와중에도 울컥 눈물이 차오르는 이야기.
그런 이야기를 쓰는 사람이 될 수 있기를 바라고 있다.

서울 가면 남산에 꼭 한번 가보고 싶다.

엄마의 입술에는 습관처럼 그런 문장이 달라붙어 있었다. 가서 구경도 하고 자물쇠도 달아보고 그러면 좋겠다. 그리 좋다던데, 서울이 한눈에 다 보인다 안 하나. 그렇게 말할 때면 엄마는 흥분에 차서 눈썹을 들어올리고 코를 씰룩거렸는데 나는 그게 참 싫었다.

엄마는 TV를 보다가도 빨래를 털다가도 좋은 생각이 떠올랐다는 듯이 남산에 가고 싶다고 했다. 엄마는 울산에서 태어났지만 성인이 된 후 경기도에서 살았으므로 애매한 서울말과 사투리를 섞어 썼다. 엄마의 고향을 듣고 어머나, 사투리를 하나도 안 쓰시네요, 하며 칭찬하는 부류가 간혹 있었는데 그런 말을 들으면 엄마는 무슨 대단한 업적이라도 세운 사람처럼 어깨에 힘을 주고 걸어다녔다. 말끝마다 지우지 못한 사투리의 흔적이 뚝뚝 흘러내린다는 걸 기를 쓰고 모른 척한 것인지 정말 몰랐던 것인지는 아직도 모르겠다. 엄마는 평생 서울을 동경했고 서울살이를 인생의 최종 목표로 삼았으며 서울에 가면 꼭 남산에 가겠노라고 나를 향해, 자신을 향해 중얼거렸다. 결국 하나뿐인 딸을 서울로 보냈고 딸이 크게 성공해 자신을 데려가기를 바라고 또 바랐으나 끝내 경기도의 낡은 빌라에서 죽고 말았으므로 서울에 입성하고자 했던 엄마의 원대한 꿈은 이뤄지지 못한 셈이다.

엄마는 울산에서 태어나 열아홉까지를 울산에서 보낸 뒤 경기도에 있는 대학에 입학했다. 서울에 갈 성적이 되었는데 학력고사 날 긴장을 너무 한 탓인지 배탈이 심했다고 했다. 서울을 향한 엄마의 끝 모를 집착은 그때부터 시작된 걸로 보였다. 서울에 취직하면 된다, 그래 생각했는데 그게 또 맘처럼 안 되더라. 술 취한 아빠가 내 앞에 치킨을 놓아두고 코를 골면 엄마는 그 소리를 배경 삼아 옛날이야기를 했다. 어린 내가 방금 한입 베어 문 닭 날개가 얼마나 바삭바삭했는지 음미하는 동안 엄마는 치킨 무 하나 씹지 않았다. 엄마의 푸념은 아빠가 떠나기 전까지 계속되었다가, 어느 순간 뚝 끊겼다. 푸념이 나를 향한 칭찬과 기대로 바뀌기까지는 오랜 시간이 걸리지 않았다.

엄마는 내 자취방에 예고도 없이 자주 찾아왔다. 자취방은 한강 아래에서도 변두리 동네에 있었는데, 경계에 아슬아슬하게 걸쳐있는 좁은 방이 뭐 그리 좋은지 올 때마다 신이 나서 조잘거렸다. 김치며 각종 반찬을 바리바리 싸 들고 오느라 무거웠던 엄마의 두 손은 날이 갈수록 가벼워졌다. 역시 서울이다, 억수로 좋네. 시장에 없는 게 없더라. 자취방 옆의 재래시장은 본가의 대형 마트보다 질도 나쁘고 가격이 비쌌는데도 엄마는 그렇게 말했다. 이래서 사람은 서울에 살아야 한다고. 습관처럼 칭찬을 뱉으며 나를 힐끔거리는 엄마의 얼굴은 무언가를 기대하는 것처럼 보였다. 그까짓 거 뭐가 어렵냐고 그놈의 서울 구경시켜 주겠다고 앞장서는 딸을 기다렸겠지만 나는 그럴 성격이 못되었다. 설사 되었다고 하더라도 엄마를 데리고 서울을 구경하는 일은 죽어도 없었을 것이다. 나는 엄마를 모른 척했다. 내일 닦아야지 닦아야지 하면서도 결국 이사를 할 때까지 내버려두는 짙은 얼룩처럼 대했다. 엄마는 결국 남산에 가지 못하고 죽었다. 엄마를 남산에 데려갈 수 있는 사람은 나뿐이었으므로 엄마를 그렇게 만든 건 빼도 박도 못하게 나였다.

피 웅덩이 속에서 세 갈래로 쪼개진 엄마의 시체를 발견한 건 재난이 발생한 뒤 삼 주 하고도 삼 일이 지난 후였다. 재난이 발생했을 때 나는 나의 가난한 자취방에 있었다. 내 술버릇은 아무리 피곤해도 집으로 돌아가는 것이었는데 지금 생각하면 얼마나 다행인지 모른다. 그날 나와 같이 술을 마시고 동틀 때까지 노래방에서 버티겠다며 사라진 동기들은 모두 죽었으니까. 엄마에게 가는 길, 혹시나 하는 마음에 노래방에 들른 나는 지하로 통하는 입구를 느릿하게 배회하고 있는 그들을 보았다. 내 술버릇이 나를 구한 것이다.

그날, 숙취의 여파로 죽은 듯이 잠들어 있던 나는 재난 문자 소리에 깨어났다. 흐릿한 시야와 울렁거리는 머리로는 이해하기 쉽지 않은 문장이 비명 같은 알림음과 함께 온몸을 쑤셨다. 감염이 어쩌고 긴급 재난이 어쩌고 대피가 어쩌고. 나는 휴대폰을 꺼버리고 다시 잠들었고 해가 질 때쯤 느지막이 일어났다. 사방에서 비명이 들리는 탓이었고 누군가 우리 집 문을 미친 듯이 두드리다가 사라진 탓이었다.

자취방은 3층에 있어서 나는 창문을 열고 아래를 내려다보았다. 서너 명 정도 되어 보이는 사람들이 한곳에 모여 허리를 숙이고 무언가를 먹고 있었는데 그게 사람이라는 걸 한눈에 알아채기는 힘들었다. *저기요,* 용기 내어 소리쳐 부르자 한 명이 고개를 돌리고 나를 올려다봤다. 그의 입가에서 미처 닦지 못한 핏줄기와 인간의 내장같이 보이는 것이 나풀거렸다. 그제야 나는 TV를 켰다. TV에서 심상치 않은 화면이 흘러나오고 있었다. 제보 영상이라며 띄워진 화면에서는 사람들이 닥치는 대로 서로를 물고 뜯고 짓이기고 죽였다. 쓰러진 사람의 배에서 튀어나온 기다란 무언가를 잘근잘근 맛있게 씹어 먹는 얼굴이 보였고 나는 조용히 일어나 문에 비상용 잠금장치를 걸었다.

수도와 전기, 가스는 재난이 터지고 일주일 정도가 지난 후 끊겼다. 그전까지 최대한 많은 양의 물을 보관해 두려 애썼지만 욕조도 없는 자취방에 물을 담을 만한 용기가 넉넉할 리 없었다. 그나마 다행인 건 분리수거를 위해 모아둔 빈 플라스틱 생수병이 잔뜩 남아 있었다는 점이다. 구겨진 생수병을 일일이 다시 펴면서 나의 게으름에 얼마나 감사했는지 모른다.

유일하게 송출되는 방송에서는 사람 하나 없이 똑같은 자막만 끊임없이 반복되었으나 나는 자막이 하는 말을 철석같이 믿고 따랐다. 살아남은 이들은 절대 나오지 말라고, 그

자리에서 어떻게든 사태가 정리될 때까지 버티라고. 사태가 언제 정리되는지 막연한 기한조차도 없었지만 믿을 거라곤 그거 하나뿐이었다. 나는 집 밖으로 한 발짝도 나가지 않고 삼 주를 버텼다. 수도와 전기와 가스가 나오는 첫 일주일 동안은 엄마가 내 생일을 맞아 두고 간 반찬을 먹으면서 지냈고, 나머지 두 주 동안은 생라면과 참치 통조림과 초콜릿 같은 것들을 먹었다.

엄마는 요리를 아주 잘하는 편은 아니었다. 그렇다고 해서 아주 못하는 건 또 아니었는데 가끔 간을 기가 막히게 못 맞췄다. 분명 맛있게 먹었던 계란말이가 다음번엔 너무 싱거웠고 겉절이는 너무 짰고 소고기뭇국은 밍밍했다. 나는 계란말이가 싱거워도 표정 하나 바꾸지 않고 한 그릇을 비우는 사람이었으므로 다행히 우리는 제법 잘 맞는 조합이었다. 그래도 내 새끼를 먹여야 한다는 열정만큼은 누구에게도 뒤지지 않아서, 엄마는 계절에 따라 재료를 바꾸어가며 이런저런 시도를 했다. 엄마의 열정은 내가 대학에 가기 위해 상경하고 얼마 지나지 않았을 무렵 시들해졌다. 열무김치나 양념에 재운 갈비 같은 것을 들고 오던 엄마는 자취방 옆의 재래시장을 알게 된 후로 가벼운 두 손을 주머니에 찔러 넣고 팔랑거리며 문을 열었다. 재래시장의 명물이었던 꽈배기나 반찬 가게에서 산 젓갈류가 자취방을 가득 채웠다. 나는 나대로 엄마의 요리가 그다지 그립지 않았으므로 불평 없이 그 변화를 받아들였는데, 지금 생각하면 마음에 없는 소리라도 한번 해야 했었나 싶다.

재난이 벌어진 날로부터 일주일 전은 내 생일이었다. 취업 준비하는 우리 딸내미 고생이 많다며 엄마는 오랜만에 두 손 가득 반찬거리를 들고 자취방을 찾아왔다. 이번에도 역시 예고하지 않은 방문이었다. 학점이며 자격증이며 잔뜩 예민해 있던 나는 왜 자꾸 연락도 없이 오냐고 볼멘소리를 했다. 갈비를 굽던 엄마는 대답 없이 흐흐 하고 웃고 말았지만 저녁을 먹는 내내 싸늘한 분위기가 흘렀다. 어찌할 바를 몰랐는지 엄마는 다음 날 아침 눈을 뜨자마자 떠났다. 역시 서울이 좋다든가 여기서 남산까지 얼마나 걸리는지 궁금하다든가 습관처럼 뱉던 말들도 까먹고 입을 꾹 다물고 있다가 성급하게 집을 나섰다. 잠이 부족하던 때였으므로 나는 엄마가 나가는 소리에도 눈을 뜨지 않으려고 노력했다. 그게 우리의 마지막 만남이었다.

첫 일주일은 엄마가 두고 간 생일상을 야금야금 먹어 치웠다. 죽었음에도 완전히 죽지 못하고 하얗게 변한 눈알과 피가 줄줄 흐르는 입으로 돌아다니는 사람들이 거리에 가득했던 걸 생각하면 참 호화롭게 지냈다. 진동하는 피비린내가 문틈으로 슬슬 기어들어 올 때면 보란 듯이 갈비를 구웠고 누구의 것일지도 모를 눈알이 길바닥에 굴러다닐 때는 깍두기를 오독오독 씹었다. 엄마는 재난이 발생한 당일부터 연락을 받지 않았다. 통신과 인터넷은 내 생각보다 더 오래 버텨주었으나 결국은 끊어졌고 그때 문득 생각했던 것 같다. 아무래도 엄마를 보러 가야겠다고.

재난이 발생하고 삼 주가 지난 날, 나는 남은 라면과 참치 통조림을 백팩에 넣었고 벽장 구석에 굴러다니던 야구 배트를 들었다. 적당한 고난과 역경을 거치며 사흘 뒤 경기도의 낡은 빌라에 도착했다. 엄마의 집 문은 활짝 열린 채였다. 불길한 기운에 잠식당하지 않으려 애쓰며 몇 걸음 내디뎠다. 엄마는 거실 한복판에 죽어 있었다. 피 웅덩이가 흥건했는데 그 위에 세 조각으로 찢어져 있는 엄마가 보였다. 부릅뜬 엄마의 두 눈은 감염자들처럼 뿌옜고 말라붙은 피가 입가에 가득했다. 감염자들은 한번 맛본 인간을 절대 놔주지 않았다. 다른 목표물이 생기지 않는 이상 살점이 붙은 뼈만 남을 정도로 쪽쪽 빨아 먹는 편이었기에 엄마가 뜯어먹히다 만 상태로 남아 있는 건 하늘에 감사할 일이었다. 정말로 감사한 일이었고 진심으로 천만다행이라고 생각했는데 어찌 된 일인지 두 발이 움직일 생각을 안 했다. 귀에서 북소리 같은 게 왕왕 울리고 가시가 걸린 듯 침을 삼킬 때마다 목구멍이 뜨끔거렸다. 침을 삼십 번 정도 삼키고 북소리가 잦아들 때쯤 피 웅덩이 속으로 걸어 들어갔다.

발바닥에 끈적한 핏덩이들이 달라붙었다. 나는 엄마를 가만히 내려다보다가 몸을 숙이고 어색하게 엄마를 껴안았다. 피 냄새, 그리고 무언가 썩는 역겨운 냄새가 났다. 고약한 체취에 코를 틀어막는 순간 엄마가 *끄어어어*, 하고 소리를 냈다. 단전에서부터 끓어오르는 듯한 끔찍한 소리였는데 나도 모르게 *엄마?* 하고 물었다. 엄마는 이미 죽었다는 걸 알면서도 바보같이. 엄마는 당연히 나를 알아보지 못한 채로 *끄어어어어어*, 소리를 한 번 더 길게 냈고 나는 코를 막은 채로 다시 엄마를 안고 있다가 중얼거렸다. *계란말이 싱겁더라.* 엄마가 *끄억*, 하고 반박하기에 *그래도 다 먹었어*, 하고 덧붙이는 것도 잊지 않았다.

우리의 행선지가 남산으로 정해진 것은 어찌 보면 당연한 일이었다. 엄마는 평생 남산 남산 노래를 불렀지만 남산에 가보지 못하고 죽었다. 엄마가 남산에 가지 못한 건 내 탓이었고 망해버린 세상에서는 취업 준비를 할 필요가 없었으므로 엄마를 데려갈 시간이야 넉넉했다. 텅 빈 빌라에 언제까지고 죽치고 있기도 싫었다. 엄마는 머리에 어깨와 팔 하나가 붙어 있는 A와 나머지 팔 한쪽과 다리 하나가 붙어 있는 B와 나머지 다리 하나만 남아 있는 C로 조각나 있었는데 나는 엄마 A를 겨우 일으켜 세우고 물었다. *엄마, 우리 남산에 갈까.* 물론 엄마는 *끄어억,* 하는 울음소리로 대답을 대신했다. *그러자,* 하는 대답처럼 들려서 나는 다시 한번 엄마를 껴안았다. 어느새 익숙해졌는지 썩은 내는 처음보다 덜했다.

엄마를 넣을 만한 가방을 찾는 게 가장 큰 일이었다. 좁은 방 한 칸이 겨우 딸린 집에서 그나마 쓸만한 가방이라곤 캐리어뿐이었지만 엄마를 캐리어에 쑤셔넣을 순 없는 노릇이었다. 늦었지만 지금이라도 나는 엄마에게 서울 이곳저곳을 보여주고 싶었고 그러려면 엄마의 얼굴은 가방 밖으로 노출된 상태여야 했다. 빌라에는 딱히 살아있는 사람이 없는 것 같았으므로 나는 편하게 건물 전체를 뒤졌다. 엄마의 이웃집에서 커다란 등산용 백팩을 발견하고는 *이거다,* 속으로 중얼거렸다. 엄마 A를 그 안에 집어넣고 백팩을 잠그자 지퍼는 엄마의 목 부근에서 딱 알맞게 채워졌다. 엄마 A는 가방 밖으로 고개만 비죽 내밀고 있는 꼴이 되었는데 제법 안정적인 게 웃겨서 나는 엄마처럼 흐흐 하고 소리 내어 웃었다.

우리의 여행에 엄마 B와 엄마 C까지 데려갈 순 없었다. 짐이 많아지면 둔해지고 둔해지면 죽을 위험이 커진다. 야구 배트로 내 한 몸 건사하는 거야 쉬운 일이었지만 엄마까지 더해진 상황에서는 조심해서 나쁠 게 없었다. 나는 엄마 B와 엄마 C를 한곳에 모아두고 엄마가 좋아하던 솜이불을 꺼내 덮어줬다. 이것도 사실 엄마인데, 눈코입에 머리가 붙어 있다는 이유로 일말의 고민도 없이 엄마 A를 선택했다는 것에 조금 죄책감이 들었다. 인간은 어쩔 수 없나 봐, 아무리 그래도 눈코입이 중요하니까. 나는 이불을 반듯하게 펴며 엄마에게 변명하듯 중얼거렸다. 혼자 지내는 시간이 길어지다 보니 혼잣말이 늘었다.

빌라를 떠나던 날, 나는 엄마의 무게에 익숙해지기 위해 백팩을 메고 집을 한 바퀴 돌았다. 엄마에게 마지막 인사를 시켜 주고픈 마음도 있었다. 아마 다시 못 돌아올 거야, 내가 그렇게 말했고 엄마는 끄어억, 하고 가볍게 답했다. 나한테는 그게 상관없다, 처럼 들렸고 엄마가 별다른 미련이 없어 보여서 안심했다.

엄마와 아빠는 내가 고등학교에 진학하던 해 이혼했다. 아빠는 오랫동안 지병을 앓았는데 병간호를 도맡던 엄마가 나를 챙겨야겠다고 간병인을 고용한 게 화근이었다. 네 엄마보다 더 사랑하는 사람이 생겼다. 아빠가 그렇게 고백했을 때 나는 기가 차서 울고불고 물건을 던지며 소리를 질렀다. 나를 더 울고불게 만든 건 엄마의 태도였다. 엄마는 모든 걸 예상한 사람처럼 순순히 제 운명을 받아들였고 이혼 서류에 얌전히 도장을 찍었다.

우리는 방 세 개짜리 아파트를 떠나 방이 하나 있는 빌라로 이사를 왔고 엄마는 방을 나에게 양보했다. 안 그래도 좁은 방을 책상과 컴퓨터, 옷장으로 꽉꽉 채웠고 그게 나를 향한 자신의 사랑을 증명이라도 하는 것처럼 뿌듯해했다. *사람은 서울에서 살아야 한다, 알제?* 첫 모의고사 성적표가 나온 날 엄마는 안경까지 끼고 눈을 찌푸리다가 그렇게 말했는데 오랜만에 듣는 편한 사투리가 웃겨서 나는 그냥 알겠다고 대답하고 말았다. *내는 니밖에 없다.* 가족 앨범에 내 성적표를 끼워 넣으면서 엄마는 그렇게 중얼거렸다. 나의 미래에 대한 기대로 들떠 눈썹을 들어 올리고 코를 씰룩거렸다. 그때의 나는 아빠에 대한 분노가 완전히 가시지 않은 상태여서 비장하게 끄덕끄덕했다. 내는 니밖에 없다는 문장이 오래오래 지겹도록 이어질 줄 알았더라면 그때 그렇게 순순하게 고개를 끄덕이진 않았을 거다. 엄마한텐 엄마도 있고 울산에 사는 친구 정윤이도 있고 대학 동기 영숙이도 있으니 나밖에 없는 삶이 아니라고, 엄마의 삶은 아직 무궁무진하다고 그때 말했어야 할지도 모른다. 나는 비장하게 끄덕끄덕했던 순간을 오랫동안 후회했다.

엄마의 기대를 잔뜩 등에 업은 나는 상경을 위해 빌라를 떠났고 다시 돌아오지 않았다. 대학 생활이 바빴고 엄마가 그만큼 자주 올라왔으니 괜찮다고 그럭저럭 변명할 수 있었다. 군데군데 핏지국으로 얼룩진 좁은 집을 마지막으로 둘러보는데 새삼스러웠다. 엄마는 내가 떠난 후에도 방을 치우지 않아서 방에는 책상과 컴퓨터 옷장이 그대로 남아 있었다. 나는 그 앞에서 한참을 고민했다. 배트로 모조리 박살 내버릴까 생각하다가 혹시 몰라 그만두었다. 세상이 조금이라도 돌아오고 화폐가 다시 돌기 시작하면 이런 것들이 비싸게 팔릴지도 몰랐다. '인서울 입성'이라고 적힌 쪽지가 모니터에 붙어 있길래 그건 떼어버렸다. 거침없이 쪽지를 찢는 동안 엄마는 내가 뭘 하는지 알기라도 하는 것처럼 등 뒤에서 끙끙거렸다.

우리는 먼저 고속도로를 걸었다. 감염자들은 골목과 빌딩 틈 사이사이에 숨어서 살아남은 인간들을 노렸기에 차라리 사방이 뻔히 보이는 고속도로가 훨씬 나았다. 3분의 1짜리 엄마였지만 그래도 엄마를 짊어지고 걷는 건 쉽지 않았고 올 때에 비하면 현저히 속도가 느려서 나는 졸음 쉼터나 휴게소에 들렀다.

휴게소는 보물창고였다. 휴게소 편의점에는 먹을 만한 것들이 가득 남아 있었고 냉동식품도 많았으므로 약간의 수고를 곁들이면 진수성찬을 누릴 수 있었다. 나는 가스버너를 찾아 물을 끓인 다음 냉동식품을 열심히 데웠다. 속이 조금 차가운 핫도그도 씹었는데 오랜만에 먹는 핫도그에서는 눈물이 날 정도로 행복한 맛이 났다.

휴게소에는 젤리나 사탕을 퍼담을 수 있는 디저트 가게도 있었다. 방부제가 얼마나 들어갔는지 젤리와 사탕은 여전히 달콤한 향기를 풍겼다. 나는 젤리와 사탕을 마음대로 봉지에 담았고 지렁이 젤리를 질겅질겅 씹으며 등산복 매장을 구경했다. 다른 누군가가 보았다면 감염자들처럼 남의 창자를 씹는 것으로 보였을지도 모른다. 인간은 죽어도 인간이 만든 것들은 죽지도 썩지도 않는다. 나는 비닐봉지에 담긴 것들을 응시하며 어쩌면 이건 너무 많은 걸 만들어낸 인간을 향한 벌일지도 모른다고 생각했다.

휴게소에는 숨을 죽이고 생존자를 기다리던 감염자들이

남아 있었다. 그들은 빠르지도 그렇다고 엄청 강하지도 않아서 야구 배트 하나로 충분히 상대할 수 있었다. 시간이 흐를수록 감염자들은 점점 더 부패했고 썩어가는 살점은 그들의 근육 조직이 원활하게 움직이지 못하게 만들었다. 현실은 영화와 달랐다. 내가 엄마를 찾으러 갈 수 있었던 것도 그 때문이었다. 떼로 덤비지만 않으면 감염자들에게 맞서는 건 어렵지 않았고 설사 떼로 덤빈다고 해도 발이 빠르면 그만이었다. 나는 야구 배트를 잘 다뤘으니까 남들보다 엄청난 장점을 가진 셈이었다. 야구 배트를 다루는 법은 엄마한테 배운 거였는데 엄마가 이 상황을 안다면 어떤 표정을 지을지 궁금해졌다. 엄마는 어린 나를 동전 야구 연습장에 데려갔던 걸 두고두고 후회했으니까. 엄마가 후회하던 것이 이제는 나를 살게 하고 죽지 않게 한다. 무너진 세상이란 참 이상하고도 신기했다. 쓸모없던 것들이 쓸모 있어지고 쓸모 있던 것들이 쓸모없어졌으니 말이다.

감염자는 내가 딸기 맛 사탕을 집으려고 봉지에 손을 비집어 넣고 있던 순간에 나타났다. 배트가 살짝 멀리 있어서 달려가느라 시간이 좀 걸렸다. 감염자는 부패 상태에 어울리지 않게 조금 빨랐고 긴장으로 온몸에 힘이 들어갔다. 나는 배트를 쥐고 한발씩 침착하게 내디디며 숨을 골랐다.

집중, 근데 힘은 빼야 된다. 힘을 너무 주면 될 것도 안 된다.

엄마가 나를 동전 야구 연습장에 데려간 건 순전히 우연이었다. 술 취한 아빠를 데리러 나가던 엄마에게 나도 따라가겠다며 징징거린 게 원인이었다. 달밤의 나들이에 신난 나는 목적도 잊고 재밌는 걸 하고 싶다며 엄마를 졸랐고, 고민하던 엄마는 어린 나를 길가에 있는 동전 야구 연습장에 밀어넣었다. 초록빛으로 물든 그물과 천이 축 늘어진 곳에서 야구공이 나를 죽일 듯이 무서운 속도로 날아왔다. 나는 내가 하나도 치지 못하고 무섭다며 울음을 터트리게 될 줄 알았다. 아마 엄마도 그렇게 생각했을 것이다. 나는 열 개 중 세 개의 공을 쳐내며 우리의 예상을 뒤엎었다. 뒤에서 지켜보던 엄마가 동전을 추가로 넣어주었고 웃음기 가득한 사투리로 말했다. 집중, 근데 힘은 빼야 된다. 힘을 너무 주면 될 것도 안 된다. 다음 게임에서 나는 일곱 개를 쳤다.

두 발로 단단히 땅을 지탱하고 선다. 허벅지에 힘이 들어가고 근육이 팽팽하게 당겨지면 두 손으로 배트를 꼭 쥐고 목표를 바라본다. 조금 더 숙이고 호흡을 고르고. 엄마는 그런 식으로 나를 코치했는데 야구 배트를 잘 휘두르는 방법을 엄마가 어떻게 알았는지는 지금도 잘 모르겠다. 배트가 허공에서 완벽한 포물선을 그렸고 감염자는 내 배트에 맞아 머리가 박살 났다. 검은 피가 사방으로 폭발하듯 퍼져나갔고 내 얼굴에도 튀었다. 마지막 확인 사살로 땅에 쓰러진 그를 다시 한번 내려치려 했는데 등 뒤의 엄마가 갑자기 소리를 냈다. *끄으억, 끄으억.* 그게 꼭 동족을 해치지 말라는 소리처럼 들려서 나는 헛웃음을 쳤다. 하여간 마음이 약해서 탈이야, 나는 그렇게 중얼대면서도 감염자를 그대로 내버려두고 돌아섰다. 마음이 약한 건 서울살이에 가장 치명적인 약점이었다. 어쩌면 나는 그래서 엄마가 서울에 오는 걸 환영하지 않았을지도 모른다. 마음이 약하다는 이유로 누군가를 비난할 사람이 서울에는 차고 넘쳤으니까. 나는 등산복 매장에서 훔쳐 온 반소매 티로 야구 배트에 묻은 피를 닦아냈다. 마음이 약한 엄마 탓을 하는 건 내 오랜 합리화의 방식이었다. 엄마를 미워했던 걸 인정하는 것보다 엄마의 약한 마음을 걱정하는 척하는 게 훨씬 쉬웠다.

젤리와 반소매 티를 엄마가 들어 있는 백팩에 쑤셔넣은 채로 나는 톨게이트 앞에 도착했다. 사람들이 버리고 달아난 자동차 수십 대가 도로를 빼곡하게 채웠다. 도망치다 말고 죽은 사람들이 잘게 쪼개지고 찢어진 채로 사이사이에 놓여 있었다. 나는 그들을 밟지 않으려고 애쓰며 남산으로 가려면 어디로 가야 하는지 고민했다.

너는 어머니한테서 정신적으로 독립할 필요가 있어. 아니다, 그 반대가 맞을지도 모르겠다.

대학에 와서 사귄 첫 남자친구는 나의 오랜 불안감과 열등감을 이해하는 사람이었다. 그는 내가 수업에 나가지 않고 자취방에 틀어박히거나 술에 취해 아빠 이야기를 하며 울음을 터뜨려도 별다른 말을 하지 않고 나를 다독였다. 그랬던 그는 절대 오해하지 말라며 이런 변명으로 말문을 트더니 기어이 그 문장을 뱉고야 말았다. 그 반대가 맞을지도 모르겠다. 나를 위한 충고였을진 몰라도 지나친 오지랖이었고 내 고약한 성질은 어디 가지 않았으므로 나는 그날 내가 할 수 있는 모든 방식을 동원해 화를 냈다. 남자친구는 자신이 선을 넘었다며 진심으로 사과했는데 그 일이 있고 우리는 결국 채 한 달을 넘기지 못하고 헤어졌다. 2년 간의 연애는 그렇게 싱겁고 허무하게 끝났다.

나는 경영학과에 입학했다. 정확히 뭘 해야 할지는 모르지만 성공하고 싶은 애들은 성적이 안 되더라도 일단 경영학과를 고르고 보는 게 유행이던 시절이었다. 그렇게 유명한 대학도 아니었고 간신히 성적을 맞춰 턱걸이로 입학한 꼴이었는데도 엄마는 드디어 되었다며 덩실덩실 춤을 췄다. 경계에서 간신히 안쪽으로 들어온 나의 한 칸짜리 원룸은 좁아도 아늑했고 햇빛이 잘 들어왔다. 엄마는 좁은 방에 몇 번이고 걸레질하면서 신이 나서 이 정도면 되었다, 되었다만 반복했다. 나를 향한 엄마의 기대와 바람은 문자와 카톡이 되어 감당하기 힘들 정도로 쉴 새 없이 쏟아졌다.

오늘은 뭐 했니, 공부는 잘되어가니, 서울은 어떻니, 남산은 가보았니. 그런 것들을 묻고 나면 엄마는 꼭 마지막 인사처럼 덧붙였다. *나는 우리 딸 믿는다, 우리 딸은 뭐든지 잘하니까.* 나는 그 말을 들을 때마다 엄마 모르게 고개를 갸웃거렸다.

나에게 서울은 좌절과 체념이었다. 대학에서 만난 사람들은 하나같이 무언가 특출난 점이 있었다. 똑똑하거나 영어를 모국어처럼 구사하거나 얼굴이 예쁘고 잘생기거나 하다못해 노래라도 잘 부르거나 했다. 혹은 특출난 점이 없더라도 스스로를 미워하지 않았다. 나는 내가 얼마나 보잘것없는 사람인지 서울에 와서야 낱낱이 깨달았고 진실을 알아차린 사람들이 나를 떠날까 두려워졌다. 우울에 잠겨 밤을 지새우는 날이 많아졌다. 보란 듯이 성공해야 하는데, 엄마한텐 나밖에 없는데. 엄마의 미래를 짊어진 나는 할 줄 아는 게 없었고 우리의 앞길은 그저 암담했다. 나는 매일 서울에서 쫓겨나는 꿈을 꿨다. 절망을 버티다 못해 결국 무너졌다. 나는 이 주에 한 번 병원에 가서 약을 타오기 시작했다.

약 봉투를 들켰던 날도 엄마는 재래시장에서 꽈배기와 젓갈을 사 왔다. 부엌을 정리하던 엄마는 약 봉투를 발견하고 이게 뭐고, 하고 물었다. 가만히 내 설명을 듣더니 침묵을 지키다가 겨우 한마디를 했다. 힘들어도 참고 이겨내면 된다. 그러면서 약 봉투를 쓰레기봉지 안으로 깊숙이, 보이지 않을 정도로 깊숙이 꾹꾹 눌러 넣었다.

위험한 침묵이 흐르고 엄마는 화제를 돌리려는 듯 밝게 물었다. 남자친구랑 남산에 가봤나? 요즘 애들은 사귀면 남산에 그렇게 간다더라. 남자친구를 만난 지 몇 달이 안 되어 막 깨가 쏟아지고 있던 시절이었기에 엄마는 그렇게 말했다. 나는 엄마를 도와 부엌 바닥을 닦고 있었는데, 내 걸레질은 이미 멈춘 지 오래였다. 응, 간신히 마른 입술을 움직이니 엄마가 기다렸다는 듯 또 물었다. 자물쇠도 채웠나? 엄마 그거 꼭 해보고 싶었는데. 응, 나는 어금니에 힘을 주어 꾹꾹 눌러가며 대답했다. 보란 듯이 남산에서 찍은 사진도 보여주었다. 남자친구와 내 이름이 적힌 자물쇠도 함께였다. 아무렇지 않은 척하면서. 이건 조금 전 약 봉투를 본 엄마의 반응에 대해 복수하는 게 아니라고 속으로 생각하면서. 사진을 구경하는 동안 엄마는 웃고 있었지만 동시에 웃고 있지 않았다.

엄마는 내 약 봉투를 버림과 동시에 그날의 기억도 쓰레기봉지 안으로 집어넣어 버린 듯했다. 이후로 엄마가 약 봉투 이야기를 꺼내는 날은 한 번도 없었으니까. 엄마의 환상 속에서 완벽한 딸에게 정신이 무너지는 일 따윈 없었다. 완벽한 딸은 완벽한 성공을 거두어 엄마를 서울로 데리고 가야만 했다. 내가 서서히 무너지고 또 무너지는 동안 엄마는 내 약 봉투를 무시하고 또 방관했는데 그때쯤이었을까, 나는 엄마의 카톡에 답장하지 않기 시작했다. 내 답장이 줄어도 엄마는 포기하지 않고 줄기차게 매일 아침 점심 저녁마다 카톡을 보내고 전화를 하고 내 일상을 공유해달라 졸랐다. 남자친구와 헤어졌던 날도 엄마는 변함없이 점심으로 뭘 먹었느냐고 물었는데, 나는 손가락을 움직여 토독토독 답장을 쳤다. 그때 나한테 왜 그랬, 까지만 썼다가 서둘러 삭제 버튼을 눌렀다. 늦은 깨달음이 그제야 목구멍을 타고 올라와 한숨으로 뱉어졌다. 나는 엄마한테 묻고 싶었던 모양이다. 나한테 왜 그랬어, 왜 내 아픔을 모른 척했어, 왜 나를 이렇게 만들었어. 내가 울고불고 쏟아내면 엄마 역시 눈물을 흘리며 내는 그래도 니밖에 없다, 할 거 같았다. 그 말이 죽기보다 듣기 싫어서 나는 끝내 묻지 못했다.

나는 가끔 이 정도면 된 나의 자취방에서 죽는 상상을 했다. 좁디좁은 거실 한복판에서 손목을 긋고 대자로 누울 것이다. 엄마가 찾아오는 시간에 맞춰서. 엄마는 피 웅덩이 속에 죽어 있는 날 발견하고 소리를 지르고 울겠지. 왜 그랬냐고 소리를 지르면 마지막 힘을 다해 비웃어 줄 것이다. 그러게 왜 그랬어, 속삭이면서. 우울이 파도처럼 쏟아지는 날이면 나는 그런 상상을 하면서 묘한 쾌감과 만족감에 취했는데 아이러니하게도 피 웅덩이 속에서 죽은 건 내가 아니라 엄마였고 피 웅덩이 속에 죽어 있는 누군가를 발견한 건 엄마가 아니고 나였다.

집중해야 한다. 그래도 힘은 빼야 한다. 힘을 너무 주면 될 것도 안 되니까.

발밑에 한강 물이 찰랑이는 대교에서 나는 감염자들에게 쫓기고 있다. 성인 남성 2명과 중년 여성 1명으로 구성된 그들은 잘 짜인 아이돌 그룹처럼 대열을 맞춰가며 나를 쫓아왔다. 감염된 지 얼마 지나지 않은 모양인지 부패 상태도 덜했고 굉장히 빨랐다. 내 두 발을 믿고 싶었지만 자꾸 최악의 상황만 상상하게 됐다. 백팩에 담긴 엄마가 너무 무거운 탓도 있었다. 시간이 지날수록 엄마는 더 무거워졌고 더 썩어들어갔다. 냄새에 익숙해지려 하면 또 지독해지고 간신히 익숙해지려 하면 또 고약해졌다. 고장 난 자동차들이 대교를 꽉 채우고 있어서 빠르게 달리기가 쉽지 않았다. 장애물로 가득한 미로를 달리듯 헉헉대는데 문득 눈물이 날 것 같았다. 등 뒤의 엄마가 끄어억거리는 게 짜증이 났다.

대교를 벗어나자마자 나는 감염자들에게 붙잡혔다. 감염자 한 명이 다리에 달라붙어서 나는 그대로 넘어졌다. 정신없이 발을 버둥거리는 동안 쥐고 있던 야구 배트가 저만치 날아갔다. 죽음이 스멀스멀 가까워지는 기분이 들었다. 온 힘을 다해 발뒤꿈치를 들어 감염자의 턱을 후려쳤다. 다른 두 명의 감염자가 달려오는 사이 자리에서 일어나 야구 배트를 향해 뛰는데 발목이 이상했다. 넘어지면서 접질린 모양인지 제대로 달릴 수가 없었다. 엄마가 끄억, 소리를 냈다. 순간 끔찍한 생각이 들었다. 엄마가 없다면 더 빨리 도망갈 수 있을 텐데. 혼자 달아나는 건 아무것도 아닐 텐데.

끔찍한 생각은 그대로 내 머릿속을 지배했고 뇌를 파고들었다. 나를 따라잡은 감염자들은 기괴한 소리를 내지르며 달려오고 있었다. 나는 가방끈을 매만지다 달려오는 그들을 마주봤다. 감염자 하나가 내 머리채를 붙잡을 수 있을 정도로 가까이 다가왔다. 배트를 휘두르자 두개골이 부서지는 소리가 났다. 그가 바닥에 쓰러지며 검은 피가 튀었지만 닦을 시간이 없었다. 나는 또다시 배트를 들었다. 집중해야 한다. 또 힘은 빼야 한다. 엄마가 나를 응원이라도 하듯 *끄억 끄억* 소리를 내서 부아가 치밀었다.

쓰러진 동료를 두고 다른 감염자가 내게 달려들었다. 나는 본능적으로 가방을 풀어 최대한 먼 곳으로 밀었다. 잘못해서 뒤로 넘어지면 내 무게에 엄마가 짓이겨질 것 같은 불안함 때문이었다. 아스팔트였던 탓에 엄마가 든 가방은 멀리 가지 못하고 멈춰 버렸다.

감염자 두 명과 함께 바닥을 굴렀다. 내 예상대로 그들은 어마어마한 힘으로 나를 밀쳤다. 배트는 또다시 저 멀리 굴러갔다. 아스팔트 바닥에 등이 정통으로 부딪히자 더러운 통증이 밀려왔다. 만약 등 뒤에 엄마가 있었다면 나는 등으로 엄마를 으깨버렸을 것이다. 엄마를 밀어버린 건 옳은 선택이었지만 더 깊게 생각할 수가 없었다. 남자가 내 목을 물어뜯기 위해 다가오기에 그의 목을 두 손으로 쥐었다. 엄지손가락으로 얇은 살갗을 파고들며 꾸욱 눌렀다. 손톱이 그의 살을 찢으며 구멍이 났으나 그는 멈추지 않았다. 다리를 물어뜯으려던 중년 여성은 내 발길질에 나가떨어졌다. 온 힘을 다해 몸을 뒤집었다. 남자가 내 아래로 오자마자 몸을 일으켜 얼굴을 짓밟았다. 한 번, 두 번, 세 번. 짓밟을 때마다 이유 모를 분노가 목구멍을 타고 올라와 거친 숨소리로 튀어나왔다. *나한테 왜 그랬어.* 검은 핏덩이들이 발바닥에 덕지덕지 달라붙었다. 고개를 들었을 땐 중년 여성이 엄마가 들어 있는 백팩을 향해 손을 뻗고 있었디.

그는 평범하고 전형적인 중년 여성이었다. 파마한 긴 머리를 하나로 묶고 얇은 니트에 경량 조끼를 걸치고 긴 치마를 입었다. 그의 온몸이 피로 물들어 있지만 않았다면 그를 엄마로 착각할 만큼 비슷한 모습이었다. 그는 엄마가 상한 고기라는 걸 눈치챘는지 바로 덤벼들지는 않고 먹을지 말지를 고민하는 듯 손가락으로 엄마를 더듬거렸다. 그때를 틈타 배트를 주워 들고 달렸다.

나는 이번에도 머리를 노린다. 그는 내 배트 한 방에 뒤로 고꾸라진다. 헉헉대며 배트로 몇 차례 머리를 내리친다. 곧 얼굴이 짓이겨지고 으깨진 살점과 핏덩이 때문에 그의 얼굴은 알아볼 수 없는 지경이 된다. 그러자 그는 꼭 엄마 같다. 나는 배트를 다시 휘두른다. 몇 번이고 휘두른다. 끓어오르는 울분을 모조리 토해낼 때까지. 때리고 또 때린다. 나한테

왜 그랬어, 왜 그랬어, 왜 그랬어. 한 번 내리칠 때마다 한 번 물었다. 그러면 뭐가 달라지기라도 할 것처럼.

엄마가 *끄어억,* 소리를 내기에 나는 겨우 정신을 차렸다. 내가 저지른 짓에 놀라 다리에 힘이 풀렸다. 자리에 주저앉아 멍하니 엄마를 닮은 그를 바라보았다. 엄마는 놀란 건지 나를 달래려는 건지 자신과 닮은 그의 죽음에 슬퍼하는 건지 자꾸 *끄억 끄억* 울었다. *그만하렴, 괜찮니?* 하고 묻는 것 같다가도 무슨 소리를 하는지 알아들을 수가 없어 그냥 숨만 골랐다. 토기가 올라왔지만 목구멍 안으로 꾹꾹 밀어넣었다. 그러자 문득 엄마를 버리고 싶어졌다.

이대로 엄마를 대교 위에 두고 가도 문제 될 건 없다. 엄마는 여기서 죽은 사람처럼 가만히 누워 있을 테고 언젠가 썩은 고기가 취향인 감염자가 나타나 엄마를 빨아먹으면 엄마가 세상에 존재했다는 흔적은 모조리 흐려질 것이다. 남산에 가고 싶다던 목소리도 지겨운 반복도 감염자의 목구멍 속으로 완전히 사라지겠지. 그의 목구멍을 타고 썩은 살덩이가 넘어가는 순간 어쩌면 나는 속이 시원해질지도 몰랐다. 내는 니밖에 없다는 끔찍하고 기괴한 문장은 그렇게 영원히 사라져야 할 운명이었다. 나는 엄마를 내려다보았다. 엄마는 나의 역겨운 고민을 아는지 모르는지 태평하게 꺽꺽

대고 있었다. 주저앉아 눈을 감고 숨을 골랐다.

나는 한참이 지난 후에야 진정할 수 있었다. 아무 일도 없었다는 듯 엄마를 다시 메고 길을 걸었다. 우리는 늦은 저녁 명동 거리에 도착했다. 버려진 가판대와 포장마차에 시체들이 가득했다. 나는 잠자코 엄마를 토닥이며 우리의 목적지를 향해 나아갔다. 걸으며 엄마 여기가 명동이야, 여기가 외국인들이 그렇게 많이 걸어다니던 거리야, TV에서 많이 봤지 했더니 엄마는 가방 속에서 몸을 흔들며 응 그렇구나, 참 대단하구나, 정말 멋지구나, 했다.

남산 타워 공원으로 향하는 케이블카는 당연히 멈춰 있었다. 덕분에 나는 끝없이 이어지는 둘레길 계단을 올라야 했다. 시간이 흐를수록 끄억거리는 소리가 줄어서 나는 걱정되는 마음에 계단을 오르다 말고 한 번씩 가방을 툭툭 쳤다. 그러면 엄마는 약하게 끄어어어…… 하고 답했다. 나는 공원에 도착하기도 전에 엄마가 완전히 죽을까 봐 걱정이 됐다. 여기까지 왔는데 그토록 원하던 걸 코앞에 두고 죽는 것만큼의 비극은 없을 터였다.

계단 중간중간에는 포토 스팟이나 전망이 좋은 곳을 알려주는 표지판이 서 있었다. 나 같은 사람이 지루할까 봐

알려주는 듯 말투는 친절했고 다정했다. 나는 표지판이 알려주는 대로 열심히 멈춰 서서 풍경을 즐겼다. 전기가 끊어지면서 휴대폰도 쓸 수 없게 된 지 오래였으니 사진을 찍지 못하는 게 아쉬웠다. 감염자들로 인해 망해버린 서울은 멀리서 바라보니 꽤 아름다웠다. 피 웅덩이도 조각 난 시체들도 보이지 않았다. 짙은 연기가 어딘가에서 피어오르고 있는 걸 제외하면, 재난이 터지기 전과 똑같은 풍경으로 보아도 무방했다. 나는 그 광경을 망연히 내려다보았다. 이러고 있으니 정말로 아무 일도 없었던 시절로 돌아가는 듯했다. 내가 이대로 올라가지 않을까 두려웠는지 엄마가 큰소리로 끙끙거렸다. 나는 상념에서 깨어나 계단을 다시 올랐다. 재난은 벌어졌고 우리는 예전으로 돌아갈 수 없다는 사실을 되새겼다. 우리는 예전으로 돌아갈 수 없으니 난 지금이라도 할 수 있는 일을 해야 했다.

우리는 마침내 엄마가 원하던 그 '남산'에 도착했다. TV 프로그램에 많이 나오는 팔각정이 보였고 전망대 티켓 부스는 유리가 모조리 깨진 채로 남아 있었으며 시체가 파리 떼처럼 많았다. 감염자 몇 명이 시체 사이를 느린 몸으로 걸어다녔다. 본격적으로 남산을 즐기기 전에 나는 감염자들을 모조리 죽였다. 그들은 매우 느려서 그냥 걸어다니며 머리를 한 대 날리는 걸로도 충분했다. 재난이 벌어진 후 굳이 여기까지 올라오는 생존자들은 당연히 없었을 것이다. 감염자들은 허기를 이기지 못하고 부패하고 느려지다가 결국 쓰러졌겠지. 나는 여유롭게 모든 감염자를 처리했고 그들에게 완전한 죽음을 가져다주었다.

모두를 쓰러트린 후에 기프트 샵 안으로 들어갔다. 엄마의 꿈을 이뤄주기 위해선 꼭 필요한 물건이 있었다. 키 링, 손수건, 배지, 자석, 에코백 등이 바닥에 마구 떨어져 뒤섞인 채였다. 나는 발에 걸리는 것들을 밀며 앞으로 나아갔다. 내가 찾던 건 얌전히 제자리에 걸려 있었다. 깜찍한 하트 모양의 자물쇠.

나는 자물쇠를 뒤적이며 이런 디자인밖에 없나, 하고 고심했다. 여기까지 와놓고 자물쇠 모양을 고르는 게 우스웠지만 하트는 너무 낯간지러웠다. 아쉽게도 자물쇠는 색만 다를 뿐 모조리 하트 모양이었다. 나는 결국 노란색을 골랐다. 계산할 필요가 없으니 그 자리에서 포장을 뜯었다. 엄마는 아까부터 조용했다. 그토록 원하던 곳에 도착해서 벅찬 마음에 입술이 딱 붙어버린 걸지도 몰랐다. 나는 바닥에 굴러다니는 펜도 주웠다. 기프트 샵을 나와 당장 눈앞에 보이는 풍경을 향해 걸었다. 풍경이 한눈에 내려다보일 법한 곳에 단단한 난간이 세워져 있었고 수많은 자물쇠가 난간을 뒤덮었다.

진짜 입술이 붙어버린 사람은 우습게도 나였다. 난간 너머로 펼쳐진 광활한 서울의 전경 앞에서 이상하게 가슴이 울렁거렸다. 처음 보는 풍경도 아니고 남자친구랑 여기서 사이좋게 팔짱을 끼고 사진을 찍은 적도 있으면서, 그저 등 뒤에 엄마가 담겨 있다는 사실만으로 목구멍이 울컥거렸다. 심호흡을 하고 자물쇠를 꺼냈다. 노랗고 매끈한 표면에 우리의 이름을 적었다. 마지막에 무어라 덧붙일까 하다가 간단하게 추가했다. 도착함. 우리는 엄마가 그토록 바라던 남산에 도착해 엄마가 그토록 원하던 풍경을 보고 있다.

나는 가방을 앞으로 돌려 멨다. 엄마의 머리 때문에 시야가 가려졌지만 목을 옆으로 빼는 수밖에 없었다. 괜찮다고 생각했는데 막상 엄마의 머리에 내 코가 맞닿자 고약한 냄새가 쏟아졌다. 입으로만 숨을 쉬어가며 자물쇠를 꺼냈다. 이건 중요한 장면이었으니까. 엄마는 이 장면을 지켜봐야 했으니까. 엄마의 눈은 하얀 천이 내려앉은 것처럼 뿌옇게 변했지만 틀림없이 그 장막을 걷어내고 노란 자물쇠가 걸리는 장면을 지켜보고 있으리라고 나는 믿었다. 난간에는 자물쇠가 걸리지 않은 곳이 없어서 우리의 자물쇠를 걸 만한 틈을 만들기는 조금 힘들었다. 나는 빡빡하게 들어찬 자물쇠를 밀어내고 재빠르게 자물쇠를 걸었다. 멀리서도 한눈에 보이는 노란 자물쇠. 엄마와 나의 이름이 적힌 자물쇠. 도착함, 이라고 새겨진 자물쇠.

자물쇠를 건 후에 풍경을 바라보며 숨을 크게 들이마셨다. 손끝 발끝까지 채워진 숨을 이용해 목구멍이 터져라 소리 질렀다. 야- 호- 내 외침은 오래 지속되지 못하고 허공에서 흩어져 사라졌지만 다시 한번 질렀다. 야— 호— 소리를 지를수록 엄마를 껴안은 손에 힘이 들어갔다. 엄마는 자신도 외쳐보려는 건지 끄억끄억 숨넘어가는 소리를 내었다. 문득 엄마가 평생 살면서 한 번이라도 이렇게 큰 소리를 내 본 적이 있을지가 궁금해졌다.

어깨가 미친 듯이 무겁고 아팠다. 나는 기프트 샵 근처를 굴러다니던 의자를 끌고 와 난간 앞에 놓았다. 그 위에 엄마를 올려두니 풍경이 보일 정도가 되었다. 나는 엄마의 얼굴을 확인했다. 엄마의 입꼬리가 혹시나 올라가 있지는 않을지, 갑작스레 나처럼 야- 호- 하고 소리를 지르진 않을지 기대가 되었다. 나는 호기심 어린 눈으로 엄마를 관찰했다.

엄마는 그대로였다. 아래로 처지고 있는 피부가 푸른 빛을 띠었고 눈은 뿌옇게 흐려졌으며 입가에는 말라붙은 피

가 그득했다. 엄마는 풍경을 보려고 애쓰는 듯했다. 하얀 눈
알이 데굴거리며 움직이는 듯했다. 굳은 입술을 벌리며 애
써 뭐라고 중얼거리는 듯했다. 엄마는 계속해서 무언가를
하려고 노력했고 나는 한참이 지난 후에야 엄마가 무얼 하
려는지 알았다.

엄마는 들떠 있었다. 처음 보는 남산의 풍경에 기분이 좋
았던 거였다. 어쩌면 너무 슬펐던 걸지도 몰랐다. 엄마는 흥
분에 차서 눈썹을 들어 올리고 코를 씰룩거리려 했다. 눈썹
이 이따금 움직이고 썩어빠진 코가 들썩거렸는데 내가 기대
한 것에 비하면 너무 초라한 움직임이었다. 나는 지켜봤다.
가만히 지켜보다가, 또 지켜보다가, 터지는 숨을 참지 못하
고 무너져 내렸다. 자리에 주저앉아 차오르는 호흡을 간신
히 골랐다. 나는 엄마를 대신해 울었다. 눈썹이 움직이고 코
가 씰룩이는 모양새가 너무 초라해서 울었다. 이따금 꽉 문
입술 틈으로 뭉개진 말 같은 게 튀어나왔다. 끅끅거리며 우
는 와중에도 나는 간신히 엄, 마, 하고 불렀다.

가끔 그런 생각 든다, 그때 공부 말고 운동을 시킬걸 그
랬나.

그 말을 했을 때 엄마는 나의 가난한 자취방에서도 제

일 더러운 벽장을 열어보고 있었다. 그 안에는 내가 오랫동안 쓰다 말다 했던 야구 배트가 있었는데 엄마는 거기에 쌓인 먼지를 닦다가 문득 중얼거리는 거였다. *뭐라고?* 잠결에 대충 물었는데도 엄마는 개의치 않고 말을 이었다. *그때 그냥 운동을 시킬 걸 그랬나보다 싶다. 니 참 잘했는데. 고 쪼끄만 애가 하나도 안 무서워하고 어쩜 그래 공을 잘 치던지.* 엄마의 눈은 먼 곳을 바라보고 있었다. 초록빛 그물로 가득한 동전 야구 연습장에 서 있던 나를 바라보는 것 같았다.

그러고 난중에 니 운동하는 거 보고 생각했다. 아, 피는 못 속이나 보다. 엄마는 그렇게 읊조리고는 한참을 같은 자세로 벽장 앞에 앉아 있었다. 그러다가 정신을 차린 듯 벌떡 일어나더니 벽장 문을 닫고 눈을 감고 있는 내 곁으로 다가와 내 머리를 한번 쓰다듬었다. 그리고 말했다. *미안타, 하고 싶은 거 몬하게 해서.*

나는 한동안 조용히 자는 척만 했다. 목구멍이 뜨겁게 달아오르고 닫힌 눈 사이로 눈물이 자꾸만 비집고 나오려는 탓이었다. 몇십 분이 지난 후에야 겨우 살며시 눈을 뜰 수 있었는데 엄마는 창문을 열고 밖을 바라보고 있었다. 괜찮다고 말하고 싶었는데 입술이 떨어질 리가 만무했다. 피는 못 속인다는 말은 아무리 생각해도 엄마 쪽이었고 그렇단

말은 엄마 역시 야구 배트를 기가 막히게 휘두를 줄 안다는
뜻일 텐데. 젊었던 엄마는 분명 여러 가지 조건 때문에 좋아
하던 걸 그만두었고 그 조건 중에는 나의 탄생도 포함되어
있었을 텐데. 그렇게 치면 우리는 서로가 서로를 막은 것이
나 다름없었으므로 그냥 땡쳐도 되었을 텐데. 군이 미안하
다고 사과할 필요 없을 텐데.

창밖을 바라보는 엄마는 눈썹을 사납게 들어 올리고 코
를 씰룩거리고 있었다. 두 눈에는 눈물이 가득 고여 있어서
나는 그제야 엄마도 울음을 참고 있다는 걸 알았다. 엄마는
기쁠 때만 눈썹을 올리고 코를 씰룩이는 게 아니었다. 엄마
는 슬플 때도 눈썹을 올리고 코를 씰룩였다. 못생긴 얼굴로
눈물을 참으면서 눈썹을 높이 숫게 만들고 코를 쥐어짰다.

나는 엄마처럼 울었다. 눈썹을 한껏 들어 올리고 코를 씰
룩대며 못생긴 얼굴로 울었다. 턱을 타고 떨어진 눈물이 더
러운 회색빛 바닥을 검게 물들였다. 내가 주저앉아서 꺼이
꺼이 우는 동안 엄마는 그저 눈앞에 놓인 풍경을 바라보고
있는데 그게 나를 더 슬프게 했다. 울음과 함께 두서없는
말을 쏟아냈다. *남산 왔잖아, 자물쇠 걸었는데, 나한테 왜 그
랬어, 계란말이 싱겁더라, 남산 별거 없지, 왜 나를 모른 척*

했어, 그래도 풍경은 좋다, 계란말이 또 먹고 싶어, 야구 배트 휘두르는 건 도대체 어디서 배웠어, 왜 나를 이렇게 만들었어, 오니까 속이 좀 시원하지, 날 이렇게 만든 건 엄마였어, 아니 사실은 아니었어, 엄마가 만든 깍두기 먹고 싶다, 그래서 엄마는 꿈이 뭐였어, 아빠를 왜 용서했어, 나한테 왜 그랬어, 엄마, 우리 남산에 왔어, 엄마, 죽지 마, 미안해.

엄마의 시체를 발견했을 때처럼 귓가에 북소리가 왕왕거리고 목구멍이 뜨끔거렸다. 나는 이제야 내가 모든 걸 겨우 받아들이고 있음을 알았다. 뒤늦은 충격과 슬픔과 공포가 밀려들며 나를 덮치고 나는 속수무책으로 끌려갔다. 뒤늦게 깨달았다. 엄마는 더 이상 존재하지 않는다는 것을. 엄마는 결국 나를 떠났다는 것을.

무책임하게 쏟아지는 내 말에도 엄마는 대답이 없었다. 그냥 좀 추워 보였다. 찬 바람이 불어오는 게 느껴져 나는 엉엉 울면서 시체들 사이를 걸으며 쓸 만한 옷가지를 주웠다. 엄마의 몸 위로, 엄마 A의 팔 하나가 달랑 달린 어깨 위로 옷을 덮어주었다. 눈물로 시야가 뿌옇게 흐려지는데 이게 엄마가 보고 있는 세상이겠거니, 싶었다. 그렇게 잠시라도 엄마와 같은 눈으로 세상을 바라볼 수 있어서 다행이다 싶었다.

엄마는 오래도록 눈앞에 펼쳐진 풍경을 구경했다. 나는 그 옆에 껍딱지처럼 달라붙어 계속 울었다. 엄마한테서는 여전히 고약한 냄새가 났는데 그 속에 혹여나 엄마의 살냄새가 숨어 있을까 싶어 울면서도 코를 킁킁거렸다.

나는 다음 날 이른 아침까지 남산 공원에 머물렀다. 내가 팔각정에 누워 쪽잠을 자는 동안 엄마는 풍경을 계속 보도록 내버려두었다. 동이 트고 새가 지저귀는 소리가 났다. 나는 쓰러진 시체들을 넘어 엄마에게 다가갔다. 엄마는 여전히 풍경에 시선을 고정한 채였고 내 눈에는 입가에 희미한 미소가 걸려 있는 것처럼 보였다. 무슨 말을 해야 할지 몰라서 잠시 어깨만 토닥이다가 안녕 엄마, 하고 돌아섰다. 잘 있으라고 할 걸 그랬나. 더 좋은 말이 있었을까. 나는 어쩜 마지막까지 이렇게 멍청하고 무뚝뚝할까. 그러고 있는 와중에 엄마가 등 뒤에서 *끄어, 끄으어어어* 하고 소리를 냈는데 힘이 부쩍 빠진 걸로 보아 마지막 울음소리일 듯했다. 나는 남산을 빠져나가며 엄마의 마지막 울음을 떠올렸다. 나는 조금의 망설임도 없이 엄마가 무슨 말을 하려고 했을지 알았다.

억수로 고맙다 우리 딸. 여까지 왔으니 죽어도 여한이 없

다. 내는 니밖에 없다.

엄마는 틀림없이 그렇게 말했을 것이다.

기항지(寄港地)

최정원

읽는 즐거움이 있는 이야기를 쓰는 것을 목표로 다양한 장르의
글쓰기에 도전하고 있다. 쓴 책으로 장편소설 『묵호의 꽃』,
『저희는 이 행성을 떠납니다』, 『폭풍이 쫓아오는 밤』, 『허밍』이 있다.

너는 눈이 좋다.

난생처음 올라온 뭍에서 숨이 넘어가며 헐떡이는 멸치 눈깔에 비친 너 자신을 알아볼 수 있을 만큼, 너는 눈이 좋다. 어부들의 우렁찬 노랫소리에 맞춰 후릿그물이 출렁출렁 춤을 춘다. 배가 연안을 타고 둘러준 그물의 양 끝을 붙들고 어부들은 이마에 핏줄이 돋도록 힘을 준다. 사방에서 좁혀오는 그물 속에서 수천수만의 대멸치들이 서로의 무게로 짓뭉개지며 몸부림치고 있다. 눈앞은 온통 번쩍이는 은빛뿐이다.

모래톱 위에 끌려오고도 아직 살아 퍼덕이는 놈들이 있는 힘을 다해 위로 튀어 오른다. 허리를 숙이고 일하는 아낙

들은 그놈들에게 온몸으로 두드려 맞는다. 손가락 길이만
한 멸치 한 마리가 네 뺨을 치고 떨어진다. 너는 깜짝 놀라
몸이 굳는다.

셀 수 없이 많은 눈깔들이 원망도 없는 눈으로 너를 올려
다보고 있다. 한순간 구역질이 치민다.

"야야, 니 머하노! 정신 안 차리나!"

벼락같은 질타가 날아온다. 너는 신물을 꿀꺽 삼키고 얼
른 몸을 움직인다.

어부들이 모래사장까지 끌고 와 털어놓는 멸치들을 소쿠
리에 퍼 담는 것이 너의 일이다. 네 곁에서 아직 눈을 흘기
며 바가지를 끌어당기는 아낙과 묵묵히 팔을 움직이는 다
른 여자들이 하는 일도 바로 그것이다. 갈매기들이 유독 맴
도는 바다로 배를 몰아 그물을 둘러쳐 모래사장으로 끌고
오는 것이 남자들의 일이고, 이렇게 뭍에 올라오자마자 죽
어 나자빠져 이리저리 구르는 게 멸치들의 일이다.

이놈들은 홀로 다니지 않는다. 작은 구름 마냥 떼 지어 다
니는 이 하찮은 생명들은 죽을 때도 모두 함께다. 그래서
네 눈앞에 펼쳐진 것은 산더미 같은 멸치들의 무덤이다. 제
사상에도 못 올라간다는 이 천한 생선들로 이 마을은 먹고
산다.

뱃전에서 담배를 태우던 선장이 슬쩍 웅얼거린다.

"너무 그러지 마소. 새댁이 몸 무거운 거 우리 다 아는데."

"애 밴 게 유세다, 유세야. 내 젊었을 적에는 택도 없는 일이지, 암!"

선장은 입을 다문다. 미간에 깊이 파인 주름이 더 깊어진다. 하긴 그도 남 걱정할 때가 아니다. 그의 시선이 좀 전까지 그가 떠 있던 바다보다 좀 더 먼 쪽을 향한다. 통통 소리를 내며 그의 배 두 배쯤 되는 크기의 동력선이 물살을 가르고 있다. 왜인 어부들이 띄우는 고깃배다. 언젠가 옆 마을에 하나둘 자리 잡기 시작한 왜인들은 신식 배와 신식 그물로 근방의 멸치들을 모두 쓸어 담다시피 하고 있었다. 선장도 언제까지 자기 배를 띄워 일을 할 수 있을지 알 수 없는 일이다.

너는 땀을 닦아낼 겨를도 없이 일한다. 금세 허리가 무너질 듯이 쑤시고 다리가 후들거려 제대로 몸을 가눌 수가 없어진다. 너는 겨우 몸을 일으키고 흐트러진 저고리 자락을 끌어 내린다. 하얗게 질린 얼굴로 통증을 다스리고 서 있자 아까도 된소리를 쳤던 돌담집 할매가 혀를 찬다.

"저래 비리비리해가 어디다 써먹노? 하여간에 바깥사람은 영 모자라서 쓸 수가 없다."

너는 입술을 몇 번 달싹이다가 그만 아무 말도 못 하고 고개를 푹 숙인다. 생선들 틈에서 바다 냄새보다 코를 쿡 찌르는 특유의 냄새가 더 짙어지기 시작할 때쯤 너는 집으로 돌려보내진다.

"애썼다."

늘 정 많은 아랫집 아낙이다. 너는 그 마음 씀이 고맙다.

"달이 꽤 됐는데 아직도 배가 요만치 그대로고. 어려워도 잘 챙겨 먹어야 된데이. 알겠나? 이게 뭐고? 비썩 곯아가지고."

"아니에요."

"아니긴. 내 몸은 내가 챙겨야 된데이. 결국 내 챙기는 건 내밖에 없다."

그녀는 자기 몫으로 받은 멸치 몇 줌을 덜어 네 소쿠리 안에 넣어주고는 너를 돌려세운다. 너는 오늘 처음으로 웃는다.

* * *

너는 발을 재게 놀려 집으로 향한다. 일을 시작할 때는 아직 어둑한 새벽이었는데 어느새 사방이 환하다. 해가 높아지며 슬슬 더워지기 시작한다. 머릿수건 밑으로 흐르는 땀을 연신 닦아가며 너는 걷는다. 아직 때가 덜 됐는데 올해는 이상하게 더위가 이르다.

"그래도 식구들 굶어 죽기 전엔 오는구나."

흰머리를 쪽진 네 시모가 마당에 나와 있다. 빳빳하게 풀을 먹인 한복은 다 허물어져가는 이 집과는 아무래도 어울리지 않는다. 마을 사람들은 며느리를 들이자마자 대갓집 마나님이나 된 것처럼 하던 일을 다 지우고 손에 물도 안 묻히는 이이를 그렇게 흉을 봤다. 네가 오기 전에는 자존심이 상해선지 다른 사람들이랑 말은 한 마디도 안 섞었지만, 그래도 이리저리 일 찾아다니며 자기 식구 건사는 하던 노인이라는 것이다. 어디서 흘러들어온 모자가 양반은 양반이라는데 어디 찌끄러기 양반이라, 돈도 없고 학식도 없고 덕도 없다. 그런 사람이 아무것도 모르는 너 하나 잡아서 종처럼 부리며 팔자가 폈다고 그들은 너를 동정했다.

네 서방은 해가 중천인데 아직도 일어난 기색이 없다. 이 근방 사람들은 모두 그 근본을 알고 그 어느 부모도 딸을 내주려 하지 않았다 한다. 그쪽도 비린내 밴 상놈들 딸년은 필요 없댔을 테지만. 그렇게 말하면서 아낙들은 까르르 웃었다. 이야기의 끝은 항상 같았다.

박복한 새댁아, 그러게 넌 참말로 어디서 온 게냐?

그때마다 너는 어깨를 움츠리며 쓴웃음만 지을 뿐이었다. 두 해나 전에 반죽음이 된 채로 바닷가에 밀려 나와 있었다던 너는 자기 이름조차 기억하지 못했다.

"금방 준비할게요."

너는 아직 시모가 무섭다. 묵직한 멸치 소쿠리를 들고 종종걸음치느라 배가 단단히 뭉쳐 아팠지만 앉아 쉴 겨를이 없다. 네가 그 앞을 지나치는 순간 시모는 눈살을 찌푸린다. 바닷가 사람임에도 불구하고 시모는 네 몸에 배어 쉬이 지워지지도 않는 그 멸치 냄새를 질색을 하는 것이다. 너는 허둥지둥 물을 끓여 된장을 푼다. 뜨거운 국과 오늘 잡은 멸치를 무쳐낸 것으로 상을 차리자 시모가 네 서방을 깨우러 들어간다. 너는 영 입맛이 없다. 늘 그랬듯이 애초에 상에는 수저도 두 벌뿐, 네가 앉을 자리도 어차피 없다. 남은 누룽지만 싸 들고 너는 대문을 나선다. 날이 더 더워지기 전에 밭을 돌봐야 한다.

너는 이 일이 싫지 않다. 솔밭을 거슬러 집 뒤로 돌아가자 야트막한 오르막길이 이어진다. 너는 그 길을 찬찬히 걸어 올라간다. 너희 밭은 언덕 꼭대기에 있다. 메마른 날에는 물을 한참 길어 올려야 해 힘들 때도 있었지만 그래도 너는 이곳에만 오면 오히려 살 것 같다.

눈앞이 가리는 것 하나 없이 탁 트이는 순간 너는 숨을 크게 들이마신다. 짭조름한 바닷바람이 네 이마를 훑고 치맛자락을 한 번 흔들어보곤 달아난다.

시퍼런 바다가 눈앞을 가득 메우고 있다. 푸르다 못해 검은빛의 큰물이 이 작은 마을쯤 금방이라도 집어삼킬 위용으로 펼쳐져 있다. 바람이 잘 닿는 땅 위에는 집집마다 소금물에 삶은 멸치들을 히옇게 펼쳐 놨다. 니는 그것들이 바다가 아니라 뭍에 이는 하얀 포말 같다고 생각한다.

높은 곳은 멀리까지 보여서 좋다. 이곳에서는 네가 사는 집과는 좀 떨어진, 바다 쪽으로 길게 내민 뭍 쪽에 있는 왜인들의 마을까지 내다보인다. 완만한 모래톱을 파내버리고 단단한 돌로 메운 각진 윤곽의 항구에 큰 배들이 드나들고 있다. 언젠가 스무 호 남짓의 초가집이 있었다던 그곳은 이제 우리네 나라님이 부탁했다며 이주해 온 섬나라의 어부들이 일군 신식의 거리가 되어 있다.

이 층으로 번듯하게 지어낸 집들은 시원한 창을 달아냈고 웬 건물 하나는 높디높은 굴뚝을 끼고 있어 너는 그 용도가 볼 때마다 궁금하다. 무엇을 하는 곳일까. 왜인들은 저렇게 큰 아궁이에서 저 마을 사람들이 먹을 국을 모두 끓이는 것일까? 알 수 없는 일이다.

너는 눈이 좋다.

팔다리를 모두 드러내거나 반대로 꽁꽁 여민 낯선 복장의 사람들과 그 속을 쭈뼛거리며 오가는 익숙한 옷차림의 사람들이 뒤섞인 그 번화한 분주함 속을 너는 가만히 들여다본다.

네가 발 디딘 이곳은 많은 것이 뒤섞인 마을. 바다와 뭍이 뒤섞이고 나라와 나라가 뒤섞이고 사람과 사람이 뒤섞인다. 뒤섞인 것들도 뒤섞이지 않은 것들도 본디 모두 제 자리를 가지고 태어난 것들일 것이다.

너는 어디에 속하는가.

이곳에 올라설 때마다 너는 생각하곤 한다.

단 한 번도 너를 둘러싼 이 모든 것들이 너의 것처럼 느껴진 적이 없었다. 백지 같은 머릿속에 두 해 동안 쑤셔넣은 것들은 모두 남들의 그렇더라 그렇게 해라 하는 이야기뿐. 네 발밑은 단단한 뭍이 아니라 금방이라도 푹 꺼질 구름 위 같기만 했고 너는 그 위에서 벌벌 떨며 서 있을 뿐이다.

너의 자리는 어디인가. 너는 어디에서 왔고 어디로 가야 하는가. 너는 바다에서 왔다고 하는데.

툭

반가운 감각이 너를 깨운다.

톡톡

뱃속에서 너를 부른다. 너는 빙그레 웃으며 작게 불러온 배 위에 손을 올린다. 어디 하나 네 것은 없다고 생각해 왔건만, 지금 이 작은 생명 하나만큼은 분명 너의 것이다. 적어도 어미와 피와 살이 이어진 지금 이 순간만큼은. 세상 그 무엇보다 귀한 인사에 화답하며 너는 또 오늘 하루를 산다.

다시 일해야 할 때다. 조금만 늦으면 시보노 서방도 그 성정에 너를 가만두려 하지 않을 것이다. 호미를 들고 막 쭈그려 앉던 너는 두 눈을 찌푸린다.

다시 말하지만 너는 눈이 정말 좋다.

그래서 너는 볼 수 있다. 저 먼 수평선 위에 평소엔 본 적 없는 점 하나가 툭 불거져 있는 것을. 가장 눈 밝은 어부도 아직 보지 못한 그것을 바로 지금 너만은 볼 수 있다. 긴 관찰 끝에 너는 고개를 기울이며 중얼거린다.

"……이상하게 생긴 배네."

군함이다.

너는 알지 못하지만.

* * *

하룻밤 사이에 배는 더 가까워져 있었다. 이젠 보통 바닷가 사람들의 눈에도 흐릿한 윤곽 정도로 보일만은 할 정도다. 몰려나온 마을 사람들이 술렁인다.

"저게 뭐고? 배 아이가."

"아이고, 세상에. 너무 크다, 너무 커. 큰일이네. 저 왜놈들이 새 동력선 가져왔나 보다."

그럴 리가 없다고 너는 생각한다.

네 눈엔 똑똑히 보인다. 그 불길한 모습이.

창백한 회청색의 그것은 백 명도 넘게 탈 수 있을 법하게 거대한 강철로 만든 선박이다. 배 위에는 돛 대신 높은 깃대들과 앞으로 길게 내뻗은 굵은 철창 같은 것들만 이리저리 꽂혀 있고, 그 뒤로 커다란 굴뚝 같은 것이 두 개 솟아 있다. 굴뚝이 맞을 것이다. 그중 하나에서 검은 연기가 치솟고 있으니까. 굴뚝 옆구리에는 무슨 일인지 처참하도록 큰 구멍이 뚫려 있어, 상처에서 뿜어져 나오는 피처럼 그 사이로 시커먼 연기들이 뭉클뭉클 새고 있다.

하지만 네 눈을 더 잡아끄는 것은 철갑을 두른 육중한 선체에 기이한 모양새로 낀 검붉은 녹이다. 어째서인지 뱃전에서 녹아 흘러내린 듯한 모양새로 낀 녹물이 선수부를 온통 뒤덮어, 배의 이름마저 알아보기 힘들 지경이다.

사람은 하나도 보이지 않는다.

이렇게 더운데 이유를 알 수 없이 등골이 서늘해진다.

너는 눈을 가늘게 뜨고 한참을 노려본 끝에 겨우 몇 글자를 식별해 낸다.

"양이들 배 같아요."

"뭐라고?"

사람들의 눈길이 온통 너를 향한다. 평소라면 몸을 움츠리며 입을 다물었을 테지만 너는 뭔가에 홀린 듯 계속 말을 잇는다.

"배에 본 적 없는 글자가 씌어있어요. 그런데 왜 저렇게……."

"게서 뭐하고 섰느냐!"

시모의 호통이다. 너는 허겁지겁 다시 채소 소쿠리를 머리에 이고 몸을 돌린다. 평소보다 단장한 시어머니와 아직 코끝의 붉은 기가 빠지지 않은 서방이 어느새 길가로 내려와 너를 노려보고 있다.

어젯밤에 멍든 눈이 다시 욱신거린다. 너는 머리에 인 커다란 소쿠리의 그늘로 뒤늦게 얼굴을 가린다. 마을 사람들은 못 본 척 다시 바다 쪽 이야기로 돌아간다. 양이선이라 안 카나. 하이고, 양이선은 무슨, 쟈가 뭘 안다고. 보이긴 뭐가 보인단 말이고, 저래 먼데.

시모는 못마땅한 듯 혀를 차며 앞장선다. 찌그러진 갓을 쓴 네 서방이 가래를 길게 뽑아내며 뒤를 따르고 너는 맨 뒤에서 무거운 몸으로 무거운 짐을 이고 종년답게 걷는다.

오늘 너희 식구들은 왜인들의 마을에 뒷산 밭에서 딴 채소들을 팔러 가는 길이다. 왜인 마을에선 장이 항시 열린다. 신식 건물이 빼곡한 이 거리엔 농사지을 땅이 적어 조선인들이 길러오는 채소들이 곧잘 팔린다. 네가 장 구석에 쪼그려 앉아 한나절 장사를 하는 동안 네 시모는 네 뒤에 손님인 양 점잖게 서서 네가 한 닢이라도 빼돌리지는 않는지 살피곤 한다. 네 서방은 사내들은 사내들의 일이 있다며 늘상 어디론가 사라지는 것이 보통이다.

그런데 오늘은 평소와는 다른 하루다. 왜인들의 거리가 전에 없이 어수선하다. 알아들을 수 없는 말을 소리 높여 외치며 사람들이 이리저리 뛰어다니고 있다.

"이게 무슨 일이오?"

시모가 점잖은 투로 묻자 옆자리에서 젓갈 단지를 닦던 아낙이 상기된 얼굴로 대답한다.

"어부들이 배 끌고 들어온답니다. 저 멀리 이상하게 생긴 큰 배 보이지요? 아까 어부들이 가까이 가본다고 나갔는데 지금 저기로 들어온다 안캅니까."

여자가 바다 쪽을 가리킨다. 그리 멀지 않은 곳이다.

"어머니, 우리도 가봅시다."

네 서방은 간만의 구경거리에 신이 난 것 같다. 시모는 내키지 않는 모양이지만 금쪽같은 아들의 청을 거절할 사람이 아니다. 네 서방은 간만에 너그러움을 뽐내고 싶어졌는지 너도 함께 가자고 권한다.

"저는 여기에 있을게요. 다녀오세요."

너를 내려다보던 서방의 눈에서 불똥이 튄다. 감히 자기 말에 싫다는 토를 달다니 네 서방에겐 참을 수 없는 일인 것을 너는 또 뒤늦게 깨닫는다. 너는 새파랗게 질려서는 아니라고, 당장 따라가겠다고 한다. 채소 소쿠리는 그대로 놔두었다간 누가 훔쳐갈지 알 수 없다. 너는 작은 턱이 부르르 떨리도록 이를 악물고 다시 짐을 싸 머리에 인다.

"온다, 온다!"

"뭘 끌고 오는데?

구름 떼처럼 몰려온 사람들 속에서 일본 말과 조선말이 어지럽게 뒤섞인다. 과연 왜인들의 동력선 한 척이 뒤에 납작하게 생긴 작은 배 한 척을 끌고 들어오고 있다. 선수에 선 왜인이 다급한 목소리로 뭐라 외치며 팔을 흔든다. 모두

비키라는 듯이. 너는 전에 없이 불안해진다.

그 불길한 배의 모습이 아무래도 머릿속에서 지워지지 않는다.

그 배, 그 배에서 나온 것.

"사람이다!"

누군가 외치니 그 많은 인파들이 앞으로 우르르 몰리더니, 갑자기 비명소리와 함께 썰물처럼 뒤로 빠진다. 너는 그 속에서 넘어지지 않으려고 안간힘을 쓴다. 양이다! 아이고, 저게 왜 저러노! 앞을 가로막고 있던 사람들이 비켜서자 너도 그것을 볼 수 있다.

작은 배 위에는 머리털이 노란 덩치 큰 사내 하나가 비스듬히 앉아 있다. 양이들은 머리색이 노랗고 빨갛다더니 과연 그러하다. 눈동자도 듣던 대로 파란색이다. 다만 흰자는 온통 일어선 핏줄로 불그죽죽했으며 핏기 섞인 눈물로 축축하게 젖어 있다. 희다던 피부색은 삶은 생선 알집마냥 그 위로 보라색 핏줄이 툭툭 불거져 나와 흉하기 그지없는데, 위아래가 붙은 처음 보는 옷 밖으로 드러난 맨살은 쉴 새 없이 흐르는 땀으로 푹 젖어 번들거린다. 배는 끌고 온 왜인 어부들조차 그 몸에 손을 못 대고 배만 정박시킨 채 망설이고 있다.

모두 뭔가가 잘못되었다는 것을 본능처럼 알고 뒤로 물러나고 있다. 너도 안다. 네 아이도 안다. 뱃속의 생명이 네 몸속을 다급하게 두드리며 떨고 있다.

하지만 네 서방만은 알지 못한다. 기이한 침묵 속에서 네 서방의 목소리만 눈치 없이 해맑게 울려 퍼진다.

"과연 듣던 대로 해괴하게 생겼구나! 꼭 도깨비 같다."

멍한 눈으로 자신을 둘러싼 사람들을 바라보던 이름 모를 양이가 갑자기 얼굴을 일그러뜨린다. 그리고 곧장 울음을 터뜨린다. 다 큰 사내가 어린아이처럼 온몸을 떨면서 체통도 없이 목 놓아 우는 모습에서 너는 처절한 절망을 본다. 저 사내는 끝이다. 너를 비롯해 지금 그를 둘러싼 모든 것들은 지금 저 사내의 마지막 희망을 꺼뜨린 게 분명하다.

몸을 웅크리고 눈물과 함께 껵껵 넘어가게 오열을 토해내던 그의 입에서 피가 쏟아지기 시작한다.

"어어? 어?"

사람들이 기겁해서 더 물러난다. 울컥울컥 쏟아지는 피는 끝도 없다. 얕은 배 바닥에 디딘 발이 반쯤 잠길 정도로 피를 쏟아낸 그는 마지막으로 길쭉하고 검붉은 덩어리를 길게 토해낸다. 그게 반쯤 썩어 끊어진 혀뿌리임을 눈치챈 누군가가 비명을 지른다. 양이가 벌떡 일어나 배 위로 뛰어오른

것은 그 순간이다.

새파랗던 눈동자가 삶은 멸치눈깔마냥 허옇게 익어있다.

찢어지는 비명소리가 태풍처럼 휘몰아친다. 에구머니나, 사람 살려 소리는 덩치 큰 양인이 제일 가까이 있던 왜인의 코를 물어 뜯어내는 순간 모조리 식별 불가한 아우성으로 바뀐다. 코가 있던 자리에 뻥 뚫린 구멍으로 생피가 쏟아진다. 왜인은 자신이 무슨 짓을 당한 것인지도 모르고 두 손으로 그 자리를 막으려 노력하며 비틀거린다. 미친 양인은 그런 그를 덮쳐 쓰러뜨리고는 누렇게 변색된 이빨로 그의 얼굴 가죽을 벗겨내기 시작한다.

너는 허우적거리며 달린다. 내팽개친 소쿠리에서 쏟아진 푸성귀들이 발밑에서 짓뭉개진다. 날랜 사람들은 벌써 저만치 앞서가고 있는데 너는 몸이 무겁고, 네 시모는 늙었고, 네 서방은 몸이 굼뜨다. 너희 식구가 제일 뒤로 처진다. 장터 자리까지 도망쳐 왔을 때 즈음엔 발소리가 거의 등 뒤까지 따라와 있다.

허둥지둥하던 네 발은 주인 잃은 젓갈 단지 밑동에 걸리고 너는 그대로 단지를 엎으며 나동그라진다. 단지가 박살난다. 짜디짠 소금에 피와 내장을 토해놓고 짓물러가던 질척한 멸치토막들 위로 너는 구른다. 눈앞이 아찔해지도록 강렬한 젓갈내에서 너는 한순간 시취를 떠올린다. 너는 그 와중에 서방의 옷자락을 잡고 있다. 그래도 네 서방이다. 같잖은 인간이어도 네 서방이다. 넘어지면서 부딪혀 찢어질 것 같이 아픈 배를 남은 한 손으로 안고, 너는 서방을 간절한 눈으로 올려다본다.

겁먹어 눈이 화등잔만 해진 네 서방이 곧장 고개를 돌린다. 그는 거세게 옷자락을 턴다.

"이년이 미친 게냐! 이 손 놓지 못할까!"

시모가 바람처럼 날아와 네 손을 그 옷에서 뜯어낸다. 놀라 곱아든 손아귀에서 옷자락이 찢어진다. 시모는 아들 손을 붙잡고 허둥지둥 앞으로 달려 나간다. 뒤에 남은 너는 헐떡이며 운다. 너처럼 헐떡이는 숨소리가 바로 머리 위에서 들려와 너는 몸을 웅크리며 배를 껴안는다.

네 것. 오직 너만을 의지하는 너의 작은 생명을 너는 지키고 싶다.

양이는 그런 너를 지나친다. 네 머리 위에서 짐승처럼 코를 쿵쿵거리던 그 미친 자는 너를 그대로 지나치고 저만치 앞을 달려가던 네 서방의 등을 향해 뛰어든다. 어깻죽지를 물어뜯긴 네 서방은 죽어라 비명을 지르며 울부짖는다. 네 시모도 울부짖는다. 들개처럼 머리를 좌우로 마구 흔들어대

던 양인이 네 서방의 살점을 크게 뜯어냈을 때 왜인 어부들
이 뒤늦게 달려온다. 그들 손에는 질긴 그물이 들려 있다. 그
물 양 끝을 붙잡고 달려온 그들은 해안가로 몰려온 멸치를
후리듯 미친 양이를 낚아채 땅에 깔아 눕힌다. 그제야 칼을
철컥거리며 순사들이 달려오는 게 보인다. 붙잡힌 양인의
짐승 같은 포효, 네 서방의 찢어질 것 같은 비명 소리, 네 시
모의 애간장 끊는 울음소리 속에서 너는 정신을 잃는다.

* * *

　얼굴을 뜯긴 왜인은 결국 죽었다 한다. 양인을 그물로 엮
다 손을 물렸다는 어부가 치료를 받는 사이 네 서방은 누군
가 가져다준 천 뭉치로 어깨를 누른 채 순사들 앞에 앉아
있다. 너는 의원 바닥에서 눈을 뜬다. 왜인 간호부는 네 몸
에서 풍기는 냄새에 얼굴을 일그러뜨리며 기다렸다는 듯 너
를 밖으로 내몬다. 곧 네 서방과 시모도 조사가 끝나자마자
의원 밖으로 내몰린다. 왜인들의 신식 의원은 너희 식구들
에게 어울리는 곳이 아니다.

　"야박한 것들! 이런 짐승만도 못한 왜놈들이 우리가 어떤
집안인 줄 알구 감히!"

네 시모가 펄펄 뛰지만 말리는 사람도 끼어드는 사람도 없다. 이곳에서 너희 식구는 정말 아무것도 아니다. 네 서방은 네 걸음이 느려 미처 못 피한 바람에 이 사달이 났다며 손을 번쩍 들어 올린다. 하지만 그 손은 평소처럼 네 얼굴로 떨어지진 못하고 그는 이내 상처가 너무 아프다고 우는 소리를 하며 어깨를 감싼다.

너는 눈을 뜬 이래로 한마디도 하지 않는다. 다만 두 손을 배 위에 얹고 그 속의 꿈틀거림을 느껴보려 애쓸 뿐이다. 네 어린 벗은 네 간절한 부름에도 여태 대답이 없다. 아니다. 그럴 리가 없다. 너는 배에 올린 손을 내릴 줄 모른다.

너희 식구는 밤늦은 시간이 되어서야 집에 도착한다. 시모가 마을의 의원 노릇을 하는 박 씨를 불러오라 성화였기에 너는 다시 집을 나선다.

"아이고, 새댁! 꼴이 이게 뭐고!"

네 몰골을 보고 맨발로 뛰어나왔던 박 씨는 다친 사람이 서방이라는 말을 듣자마자 갑자기 어제 다친 허리가 아파 운신할 수 없다는 핑계로 문을 닫아걸어 버린다. 너는 하릴없이 돌아온다. 아들 먹인다며 늦은 저녁상을 차렸던 시모가 네 얼굴에 빈 밥그릇을 던진다.

시뻘겋게 속살이 드러난 상처에서 열이 피어오른다. 네 서방은 끙끙 앓고 시모는 밤새 물을 갈아가며 아들을 보살피고 너는 방에 들지 못하고 마루 구석에 주저앉는다. 온몸에 밴 썩은 멸치 냄새는 옷을 갈아입어도 씻어도 지워지지 않는다. 너는 본래 그래야 하는 것보다 한참 덜 부푼 배 위에 두 손을 모아 올린 채, 달빛 아래 검은 그림자로만 보이는 그 불길한 양이선을 멍하니 바라보며 밤을 지샌다. 가늘게 떨면서.

배가 더 가까워져 있다.

* * *

철 아닌 매미 소리가 귀청을 찢는다. 말도 안 되는 일이다. 머릿수건 밑에 벌써 땀이 흥건하다. 이런 날씨가 계속된다면 삶아 널어놓은 멸치들도 제대로 마르기도 전에 모두 썩어 문드러져버리고 말 것이다. 이상한 나날들이다.

너는 허리를 펴고 주변을 둘러본다. 소쿠리 두 개를 겨우 채울 양의 멸치들에 그물가에 모인 모두가 할 말을 잃고 있다. 참으로 이상한 나날들이다.

"이게 다 왜놈들 때문이데이."

그리고 이 이상한 나날들이 이제 곧 일상이 될 것이다. 어부와 아낙들은 애써 말을 돌린다.

"그보다 들었소? 왜놈들 마을에 괴질이 돈다 카데."

"천벌 받은 거다, 천벌."

"왜? 무슨 괴질인데? 뭐가 어떻게 된다 카던데?"

온몸에 푸른 핏줄이 곤두서며 눈알이 허옇게 떠서는 보는 족족 다 물어뜯으려고 든다는 그 괴질은 며칠 전 네가 본 양인의 증상 그대로다. 너는 대화에 섞이지 않고 묵묵히 일만 하고 있다. 너는 괴질 따위에 관심이 없다.

"우야튼동 그 괴질인지 뭔지 우리 마을까지 퍼지지 않도록 단단히 합시다, 예?"

네 머릿속에는 그저 단 한 가지 생각뿐이다. 네 작은 벗. 그날 이후 며칠 동안이나 움직이지 않는 네 가엾도록 작은 아기.

"저 흉한 양이놈들 배에서 퍼진 것 같다 하더라고. 왜놈들이 다 죽어가는 양이놈 하나 건져서 데려갔다가 난리가 난 거라 안 캅디까. 김 선장도 저 배 근처엔 얼씬도 마소."

배는 이제 누가 봐도 양이들의 배라는 걸 알아볼 수 있을 만한 거리에 있다. 며칠 전까지만 해도 비스듬히 옆을 보고 있었던 그 배는 조류를 타고 선수를 돌려 이쪽 마을을 바라보는 모양새다. 이쪽 바다는 저렇게 큰 배가 들어오기엔 너무 얕다는 걸 아는 것처럼 그 배는 먼바다 쪽에서 멈춰 선 채 며칠째 그대로다. 치솟던 연기도 멈춘 지 오래다. 한동 안 불안해하던 사람들은 배가 더 이상 다가오지 않자 조금 은 안도한 모양새다. 곧 한성에서 관리들이 조사하러 온다 더라 어쩐다더라 각자 소문을 나누며 서로를 다독이는 대 화에 너는 오늘도 끼지 않는다.

그저 보고 있을 뿐이다.

선수 난간 사이로 축 늘어진 채 흔들리고 있는 하얀 팔을.

* * *

시모는 기어코 박 씨를 불러오는 데 성공한다.

"어이쿠!"

박 씨는 방문을 열자마자 코를 싸쥔다. 고름이 찬 상처에 서 피어오르는 냄새는 지독하다. 자리를 깔고 누운 서방은 퍼런 핏줄이 선 얼굴로 앓는 신음만 흘리고 있다. 환갑이 훌 쩍 넘은 박 씨가 흐린 눈을 크게 뜨며 어쩌다 다친 거냐고 묻자 시모는 산짐승에게 물린 것이라 둘러대며 그를 방 안 으로 떠민다. 서방이 왜인 마을에서 다쳐 온 것이라는 사실 은 너희 식구만의 비밀이다.

멸치 담는 일을 겨우 마치고 온 너를 곁눈질하며 시모는 의기양양한 기색이다. 노인은 호들갑스럽게 물을 끓여서 들일까, 깨끗한 천은 필요 없냐며 부산을 떤다. 의원이 봐주고 있으니 당장 내일이라도 귀한 아들이 벌떡 일어날 것만 같아 시모는 그저 기쁘다. 아침에는 웬일로 배가 고프다며 먼저 먹을 것도 찾던 아들이니 이제 나을 일만 남았다 싶은 것이다.

화색이 도는 시모의 얼굴을 보는 네 가슴은 점점 요란스레 쿵쾅거리기 시작한다. 간밤의 기억이 불길처럼 인다. 너는 결국 더 이상 움직이지 않는 아이에 대해 시모에게 이야기했었다. 감히 슬프고 두려워 어쩔 줄 몰라 하다가 겨우 그 암담함을 조금이라도 나누고 싶었던 네 마음에 시모는 그게 뭐 어쨌단 말이냐고 야멸차게 답했다. 애새끼야 언제든 새로 만들면 되는 것이라고, 지금 하나뿐인 서방이 다 죽어가게 생겼는데 뭐가 더 중한지 그렇게 모르냐고 호통을 내지르며 네 뺨을 갈겼다.

— 요 며칠 서방도 제대로 안 모시고 뚱했던 게 그것 때문이냐!

무슨 일이 일어난 것인지 너는 이해를 못 했다. 뒤늦은 자각 후에 너는 산산이 부서졌다. 네 세계는 그런 것이었다. 속이 비어버린 너는 텅 빈 그릇처럼 그리 쉽게도 박살나고 말았다. 엉금엉금 기며 겨우 스스로를 주워 붙인 너는 그렇게 삐걱이며 아침을 맞았는데.

눈앞의 시모가 웃는다. 너의 눈은 갈 곳을 잃고 진동하며 이곳저곳을 헤맨다.

별안간 박 씨가 비명을 지르며 방에서 튀어나온다. 높이 쳐든 그의 한 손에는 이빨 자국이 선명하다.

"아프기는 무슨, 이거 미친 거구만! 미쳐도 단단히 미쳤어! 에잇!"

"아니, 무슨 말을 그따위로 하는가! 열 막 올라서 정신없어지면 그럴 수도 있는 거지, 응?"

그렇게 넘어가기엔 상처가 깊어 피까지 나는 판이다. 진저리를 친 박 씨는 욕설을 내뱉으며 서둘러 떠난다. 그 앞을 가로막다가 떠밀려 쓰러진 시모가 그 뒷모습 뒤에 대고 악을 쓰다가, 박 씨가 멀어지고 난 후에야 뒤늦게 정신이 들었는지 불안하게 눈을 굴리기 시작한다.

"저 영감탱이, 어디다 헛소리하고 다니는 것 아니겠지?"

시모가 걱정하는 헛소리가 무엇인지 너는 알 만하다.

끼익— 틀어진 방문이 밀리는 소리에 너와 시모의 눈이 그쪽으로 돌아간다.

문간에 엉거주춤한 품으로 네 서방이 기대 서 있다. 핏줄이 다 터져 흰자가 복숭아색으로 물든 눈에 눈물이 가득해서는, 턱 아래로 맑은 침을 길게 늘어뜨리고 있는 그는 정신을 놓은 듯한 눈으로 먼바다를 바라보며 굳어 있다. 갈고리처럼 오그라든 두 손만 경련하듯 움찔거릴 뿐.

보면 안 되는 것을 마주 보고 있는 듯한 느낌. 너는 그만 온몸에 소름이 끼쳐 오른다.

"나…… 니는 저 박 씨한테 뭐 좀 갖다 안기고 와야겠다. 쓸데없는 소리 하고 다니면 곤란하니까……. 넌 저 아이 좀 갖다 눕혀라."

시모마저 주춤거리며 뒷걸음질하더니 부엌에서 뭘 퍼다가 허둥거리며 밖으로 나선다.

얼어붙어 있던 너는 한참 만에야 겨우 서방을 불러본다. 귀가 먹은 듯 대답이 없는 그는 더 이상 움직이지도 않는다. 마치 죽은 사람처럼.

뒤로 달아나려는 발을 기어코 마루 위로 올려놓게 만드는 것은 도대체 어떤 종류의 마음일까. 마음 따위 필요 없이 몸이 먼저 움직이고 마는 종년의 본능일까.

"누, 누우셔야죠. 쉬셔야죠."

떨리는 손으로 서방 옷자락을 쥐자 그는 순순히 다시 자리로 끌려온다. 옷자락 아래의 살은 엊그제만 해도 펄펄 끓어 익을 것 같더니 오늘은 이상하게 싸늘하다. 서방이 자리에 눕자 너는 이불을 끌어다 덮어준다. 초점 없는 눈은 멍하니 천장만 올려다보며 감길 줄도 모른다. 너는 두려워 숨을 쉴 수가 없다.

뭔가 잘못되었다는, 모든 게 잘못되었다는, 점점 더 잘못되어가고 있다는 생각에 너는 온몸이 떨린다.

* * *

하루 동안 아무 일도 일어나지 않았다. 박 씨가 입을 잘 다물어준 것일까, 괴질에 걸린 게 아니냐고 의심하러 오는 사람조차 없고 마을은 이상할 정도로 조용했다. 다음날까지도. 네 서방은 그날 이후 고요히 누워만 있었고 시모는 그것을 회복의 징후로 믿기로 한 듯했다. 어젯밤 난리가 나기 전까지는.

한밤중 우당탕거리는 소리에 잠에서 깬 너는 바로 옆에서 자던 너를 건너뛰고 네 시모의 위에 올라타 이를 딱딱거리는 서방을 발견했다. 시모는 엉엉 울면서 아들 이름을 부르다 네 이름을 부르다 살려달라고 빌었고 너는 앞뒤 생각 없이 서방을 밀쳐내고 이불로 덮어 눌렀다. 두 여자는 정신없이 꺼내 온 새끼줄로 발광하는 남자를 둘둘 말아 엮고는 울었다.

"다 너 때문이다."

곱게 쪽졌던 머리가 산발이 된 채로 네 시모는 마루에 주저앉아 있다. 바다 위로 서서히 떠오르는 해가 시모의 주름진 얼굴 구석구석을 낱낱이 드러낸다. 골이 깊은 얼굴에 검고 짙은 그림자가 진다. 시모는 밝아오는 바다를 노려보며 힘없이 중얼거린다.

"너만 아니었으면 내 아들이 저렇게 다칠 일도 없었고 내가 이 꼴이 될 일도 없었다. 안 그렇냐?"

시모 옆에 앉은 너는 그저 손목만 주무르고 있다. 서방을 묶을 때 삔 손목엔 힘이 들어가지 않았다.

"처음부터 맘에 안 들었다. 이제야 말하지만 나는 네 그 냄새도 싫다. 너무너무 싫다! 그놈의 멸치 냄새만 맡으면 혼자 고생하던 그 시절이 생각나서, 내가 그래도 어릴 땐 친정에서 그렇게 애기씨 애기씨 그렇게 모시던 귀한 몸이었는데 하필이면 이런 집구석에 시집와서 날것들 만지면서 이 모양이 꼴로……! 이제야 좀 살 만해졌다 싶었더니 또 하필이면 겨우 본 며느리가 이렇게 굼뜨고 박복할 일인지! 옛날부터

여자 잘못 들이면 집안이 망한다 하더니 옛말 틀린 게 하나
도 없다. 그렇지 않으냐? 응?”

너는 아무 말도 없다. 부질없는 짓이다. 너는 두 해 동안
철저하게 잘 길들인 소이며 소는 말을 할 수가 없다.

“말 좀 해 봐라!”

“아침 차릴게요.”

시모가 가슴을 치며 다시 울기 시작한다.

낮이 유달리 긴 하루다. 시모는 무엇이 두려운지 너의 바
깥출입을 금하고 마당을 지키고 선 채 시간을 보낸다. 나가
는 이도 없지만 오는 이도 없다. 작열하는 하늘 아래에서 너
의 작은 세상은 괴괴한 침묵 속에 을씨년스럽다. 땡볕 한가
운데에 잘못 꽂아놓은 젓가락같이 꼿꼿이 선 노인의 몸은
요지부동이다. 그 발밑의 그림자가 줄어들고 다시 늘어나
는 동안 너는 너의 좁은 세상이 더, 더 좁혀오는 것 같은 느
낌에 숨이 찬다. 계속 부어오르는 손목 위로 천을 두텁게 말
았다 풀었다 다시 말며 너는 하루를 버틴다. 이윽고 해가 기
울고 온 세상이 시뻘겋게 물들다가 어둠이 내린다. 노인은
그제야 자기 손으로 늦은 저녁상을 차려낸다.

“들고 들어가라.”

상에 올라간 수저는 두 벌뿐이다. 하나는 서방의 것일 터

인데 또 하나는 누구의 몫인 것인가. 의아한 눈으로 고개를 든 너는 검게 쪼그라든 시모의 얼굴을 마주한다. 분노와 수치심과 두려움으로 범벅된 눈이 크게 벌어진 채 희번덕거린다.

"어서 들이래도! 서방을 하루 종일 굶길 셈이냐!"

시모의 호통에 너는 펄쩍 뛰고 상을 받아 든다. 노인은 밖에서 잠가뒀던 문을 열고선 네 등을 떠다민다. 너는 힘없이 떠밀려 방 안으로 들어선다. 쉬어 터지고 썩어버린 시큼하고 쓰고 짠 악취가 파도처럼 덮쳐 너는 헛구역질을 하고 만다.

분명 새끼줄로 발끝까지 꽁꽁 동여매 놓았었는데, 솜씨 없이 묶은 결박이 반쯤은 풀려 있다. 벽을 보며 쓰러져있던 서방이 이편으로 고개를 홱 돌린다. 금방이라도 튀어나올 것처럼 툭 불거진 눈알들이 불에 익은 것처럼 새하얗게 떴다. 고개만 집어넣고 그 꼴을 보던 시모가 문밖에서 아이고 아이고 곡을 한다. 그 순간 서방이 물 밖으로 내놓은 멸치 새끼처럼 온몸을 퍼덕여대기 시작한다. 묶인 두 발로 바닥을 쿵쿵 내리친다. 허름한 집이 흔들릴 정도의 힘으로, 쿵쿵쿵. 이빨들이 몽땅 부서질 기세로 턱을 딱딱 맞부딪치는 그 앞에서 너는 쪼그라든다.

"뭐 하냐! 입에 밥술 안 넣어주고!"

무슨 소린가. 저게 지금 산 사람의 밥을 먹을 수 있을 것 같은가. 저렇게 된 양인이 제일 먼저 집어삼킨 건 왜인 어부의 코 아니었나. 우린 그때 죽을힘으로 도망치지 않았었나. 내 아이도 그렇게 도망쳐버리지 않았나. 너무 먼 곳으로.

겨우 이어 붙여놓았던 마디들이 와장창 허물어진다. 너는 다시 산산조각 나고 만다. 너는 뒷걸음질 친다. 뒷걸음질 치다 몸을 돌려 문밖으로 뛰쳐나간다. 너는 도망친다. 처음으로.

시모의 악다구니와 서방의 잇소리를 뒤로 하고 달린다. 어디로? 좁아터진 이 세계에서 네가 갈 곳은 얼마 있지도 않다. 너는 뒷산의 텃밭을 향해 달음질친다. 밤 짐승들도 침묵한 숲을 헤치며 단번에 꼭대기에 올라선 너는 그대로 엎어져 빈속을 게워 토해낸다. 울음과 함께.

그러나 네 고통을 덧칠해버리듯 네 울음도 묻히고 만다.

—————!

머지않은 곳에서 울려 퍼지는, 찢어지듯 길게 울부짖는 소리에. 너는 그것이 반쯤 썩은 서방의 목에서 나는 소리라는 걸 안다.

어떡하지. 이제 어떻게 해야 하지. 너는 갈 곳이 없다. 네가 알고 있는 세계는 너의 집과 이 마을과 이 바다뿐이다.

시모가 너를 죽이려 들 것이다. 그전에 저 서방이었던 무엇에게 뜯어 먹히는 게 빠를지도 모른다. 급하게 뛴 탓일까. 배 속이 쥐어 짜내듯 뒤틀려 너는 배를 감싸안고 운다.

또 다른 울음소리가 울려 퍼진 것은 바로 그때다. 서방의 울부짖음에 응답하듯 또 하나의 목소리가 먼 곳에서 새어 나온다. 산 사람의 비명과는 전혀 다른, 그 찢어지고 녹아내린 저 질척한 포효. 이건 뭔가. 내가 드디어 정신이 나가버린 걸까.

"……."

너는 온몸을 떨며 상체를 일으킨다.

소리가 하나 더 이어진다. 그리도 더.

또 더.

그것은 숫제 거대한 돌림노래라도 되는 것처럼 겹치며 한밤의 고요함을 찢어발기기 시작한다. 네 서방뿐인 게 아니었단 말인가. 다들 숨기고 있었단 말인가. 며칠 동안의 고요함은 모두 이 때문이었던가.

너는 비틀거리는 몸을 일으키고 시선을 옮긴다. 왜인 마을 쪽이 지독하게 환하다. 높은 이층집들이 불타고 있다. 횃불을 든 사람들이 이리저리 달린다. 한둘이 아니다. 저 마을 모든 사람이 이 밤중에 모조리 뛰쳐나온 듯 거리는 아비규

환이다. 그 많은 사람들이 미친 듯이 달리다 어딘가에서 튀어나온 다른 사람들과 뒤엉켜 쓰러지고 흩어지고 다시 맨발로 달린다. 옷도 못 갖춰 입은 사내 하나가 양팔을 번쩍 들고 불타는 골목을 질주한다. 많은 사람들이 배를 향해 몰려든다. 이미 바다로 나간 배들도 여럿이다.

누군가 너를 걷어찬다. 크게 휘청거린 너는 아연해서 주변을 돌아보지만 아무도 없다. 또 한 번 걷어차였을 때 너는 그것이 네 몸속에서 올라온 충격임을 깨닫는다. 너는 심장이 터질 것 같다.

"……아, 아가?"

기다렸다는 듯 네 벗은 너를 또 한 번 걷어찬다. 어서 달리라고. 나를 살리기 위해 달리라고 그 작은 생명이 네게 외치기라도 하는 듯이.

너는 입을 틀어막는다. 네 세계가 폭발하듯 넓어진다. 점점 더, 한정 없이. 오직 단 한 존재만을 위해. 환희에 벅찬 몸에 다시 힘이 돈다.

얼른 손등으로 눈물을 훔치고 입을 굳게 앙다문다. 그래, 너는 이제 달릴 수 있게 된다. 길을 찾아 헤매던 네 눈에 거짓말처럼 거대한 그림자가 걸린다. 산이다. 그런데 며칠 전까지도 그런 산은 없었다. 너는 그것이 마을 북쪽 곶에 처박힌

양이들의 배라는 걸 눈으로 보고도 믿을 수 없다. 어느 틈에 여기까지 밀려왔단 말인가.

얕은 모래톱에 기우뚱하게 올라선 선체의 절벽 같은 꼭대기에서 검은 인영들이 후두둑 떨어지고 있다. 헤아릴 수 없이 많은 수다. 수백 명은 태울 있을 저 배에 탔던 그 수백 명 전부가 그 절벽에서 몸을 던진다. 사람이면 온몸이 부서질 높이일 텐데 모래톱과 바다로 떨어진 그것들은 삐걱거리며 다시 몸을 일으키거나, 또는 그대로 기며 움직인다. 소리 높여 우짖으며, 개미 떼처럼 한데 엉겨, 그것들은 마을의 돌림노래에 동참하며 마을까지 통하는 숲길로 들어서는 중이다. 구름이 밀려나며 환한 달빛이 그 참상을 온 천하에 드러낸다. 까마득히 높은 선수의 난간 사이에서 그 흰 팔이 몸부림치듯 꿈틀대고 있다. 너는 뱃머리를 뒤덮은 그 검붉은 것들이 녹물 같은 게 아님을, 저 개미 떼만큼 많은 사람이 었던 것들이 뿜어놓은 말라붙은 핏물들임을 깨닫고 다리에 힘이 풀린다.

그래도 주저앉을 수가 없다. 발길질에 가까운 태동을 느끼며 너는 미친 듯이 길을 찾는다.

산을 넘는 숲길은 배에서 떨어진 것들 때문에 쓸 수가 없다. 이미 늦었다. 갈 곳은 하나뿐이다. 너는 산 아래로 달음

박질친다. 숨이 턱에 닿는다. 심장이 쿵쾅대는 소리가 귓전을 때린다. 그 소리가, 네 작은 벗의 고동과 같아서 너는 그 고통이 그저 기껍다. 너는 네 심장을 때려대는 게 공포 때문인지 환희 때문인지 알 수가 없다. 알 게 뭔가. 알 게 뭐란 말인가.

두 해 동안 너를 붙잡던 네 집이 덮치듯 나타난다. 마루에 주저앉아 있던 네 시모가 너를 보고 벌떡 일어난다. 방문엔 다시 빗장이 걸려 있다. 네 시모는 다시 제 손으로 아들을 가둬둔 모양이다. 너는 시모를 그대로 지나쳐 부엌으로 들어간다. 숨을 열 번도 내쉬기 전에 물을 싸고 솥의 밥을 긁어 보따리를 싸 나온다.

"뭐 하는 게냐! 너 지금 뭣 하는 짓이야!"

시모가 네 머리채를 휘어잡는다. 휙 돌아간 네 눈에 장독대들이 눈에 띈다. 네 눈이 빛난다. 어쩌면. 정말로, 어쩌면?

너는 시모를 그대로 달고 장독대까지 간다. 뚜껑을 열어젖히고 그 안에 든 것을 맨손으로 퍼 온몸에 처바른다. 덜 익은 멸치젓이다. 혼비백산해서 물러서는 시모의 몸에도 너는 그것을 두 손으로 퍼 뿌린다.

시모는 비명을 지르며 온몸을 턴다. 그래봤자 쉽게 털릴 냄새가 아니다. 그 냄새가 그들을 구해줄지도 모른다. 그럴

지도 모른다. 그랬으면 좋겠다.

"도망쳐야 해요."

그놈들이 온다. 남쪽에서는 왜인 마을 쪽에서, 북쪽에서는 양아들의 배에서 쏟아져 나온 놈들이 까맣게 몰려들고 있다. 노인은 너를 보고 단단히 미쳤다며 손가락질을 할 뿐이다.

"가야 된다구요!"

"내 아들이 여기 있는데 가긴 어딜 간단 말이냐!"

쾅 소리가 나더니 방문이 반쯤 부서진다. 네 서방이 그 틈으로 팔을 내뻗어 휘두르기 시작한다. 바람 한 점 없는데 뒷산 나무들이 전에 없이 부석거리는 게 네 눈엔 보인다.

네 얼굴에 서린 기운을 시모는 그제야 제대로 읽어낸다. 노인은 냅다 네 팔을 붙들고선 거칠게 흔든다.

"이년이 진정 미친 게로구나! 어느 집 계집이 시모한테 큰소리고 서방 밥 굶기고 밖으로 돈다더냐! 기껏 그것 혼 좀 났다고 회까닥 돌아서 이 무슨 난리법석이야! 당장 다시 상 차려라. 네 서방 좀 봐라! 저리 배고프다고 성화잖니!"

시모의 세계엔 오직 서방밖에 없다. 네 아이는 너보고 달리라고 지금도 재촉 중인데. 노인이 옷솔기가 터질 정도로 악을 쓰고 매달린다. 네 눈엔 불꽃이 튄다. 너는 있는 힘을 다해 그 팔을 뿌리쳐낸다. 노인의 작은 몸이 마당에 나동그라진다.

도저히 믿기지 않는다는 시모의 표정.

"나는 갈 거예요."

너는 대문 쪽으로 뒷걸음질 친다. 고개를 가로젓는 네 얼굴에선 너도 모르는 새 눈물이 흐르고 있다. 두 해 동안 너를 둘러싸고 있던 그 좁은 세상의 벽을 등으로 부수며 너는 그 집 마당을 완전히 벗어나고 있다. 노인이 허탈하게 웃는다.

"어디로 간단 말이냐. 네년이 여기 말고 갈 곳이 어디 있다고."

너는 달리기 시작한다. 무거운 소쿠리를 이고 종종걸음치며 오르곤 했던 길을 작은 보따리 하나만 끌어안고 달려 내려간다.

"네년은 여기 못 떠나!"

노인의 저주가 탄내 섞인 바람을 타고 따라붙는다.

너는 아무 소리도 듣지 않는다.

그저 달릴 뿐이다. 바다를 향해.

길 한가운데 멍하니 선 하얀 눈의 돌담집 할매를 지나친다. 박 씨의 어린 손자가 두 손 두 발로 바닥을 차며 길을 좌

우로 왔다 갔다 하고 있는 것을 간신히 피한다. 매 순간 심장이 멎는 줄 알았으나 둘 다 허공에 대고 코를 쿵쿵대며 고개를 두리번거릴 뿐이다. 그들이 네 냄새가 그들의 것이 아니라 다른 것에서 유래한 것임을 알아차리기 전에 너는 그 자리를 벗어난다. 아랫집은 불이 붙어 활활 타오르는 중이다. 핏자국이 군데군데 낭자한 흙길을 내달리는 와중에도 사방에서 산 사람들의 비명 소리가 끊이지 않는 이곳은 말 그대로의 수라도다.

그 참상 속을 한참 더 달려 도착한 해변에는 이미 많은 사람들이 와글와글 몰려서 있다. 너는 그 속으로 내던져지듯 몸을 파묻는다.

"새댁아! 괜찮나!"

아랫집 아낙이 울먹이며 널 부른다. 널 끌어안는 그 팔에는 뭔가에 물어뜯긴 자국이 선명하여 너는 눈물이 왈칵 솟는다. 장정들이 낫과 갈퀴를 들고 인파들의 바깥쪽을 에워싼 중에 모래톱에서는 묶어뒀던 배를 밀어내고 있다. 그저 멸치 떼를 몰 그물을 두르기 위한 작은 고깃배들, 이 많은 사람들을 모두 태우기에는 택도 없는 그 작은 배들 사이에서 사람들은 아귀다툼 중이다. 너는 그 속에서 이리 밀리고 저리 밀린다. 부른 배를 지키려 애쓰면서도 너는 암담하다.

지금이라도 다른 길을 찾아야 하는지, 다른 길이라는 게 있기나 하는지 알 수가 없다.

해변을 둘러싼 소나무들 사이에서 그것들이 걸어 나오기 시작한다. 장정들이 겁먹은 기합성을 지르며 들고 있는 것들을 위협적으로 휘두른다. 사람들이 아우성치며 뒷걸음질치다 바닷속으로 몰린다. 첨벙첨벙, 발목까지 물이 차오른다. 앞에 선 사람들은 바다로 너를 밀고 등 뒤에서는 파도가 너를 뭍으로 민다. 웬일인지 해변까지 엄청난 양의 멸치 떼가 밀어닥쳐와 있어 발밑은 물 반 물고기 반이다. 발바닥 밑에서 뭉개지며 몸부림치는 멸치들의 질감이 끔찍하도록 적나라하다.

한순간 사람들이 왈칵 뒤로 몰리며 너는 물속으로 처박힌다. 보따리는 놓친 지 오래다. 말려들어 가는 파도가 네 작은 몸을 바다 깊은 곳으로 끌고 들어간다. 너는 물속에서 데굴데굴 구르다가 허우적거리며 위로 솟구친다. 소금기에 쓰라린 눈에 떠나려는 배와 그걸 붙잡고 매달리는 사람들이 가득 찬다. 사방이 너처럼 물에 빠진 이들의 비명과 첨벙거림으로 어지럽다. 파도는 너를 다시 훅 떠밀더니 더 깊은 물 속으로 집어삼킨다. 너는 죽어라 발을 찬다. 겨우 다시 떠오른 너는 모자란 숨을 물과 함께 들이키며 헐떡인다. 이대로 죽는구나 싶던 때, 네 눈에 보이는 게 있다.

배다. 빈 배. 돛 같은 것 하나 없는 손톱만 한 조각배. 어디서 떠밀려온 것인지 몰라도 저것은 틀림없이 배다. 멀지만. 헤엄쳐 가기엔 너무 먼 곳에 있지만.

갑자기 네 팔이 앞으로 쭉 뻗으며 물살을 가른다. 네 다리들이 기다렸다는 듯 힘차게 움직이며 물을 밀어낸다. 너는 어리둥절하다. 네 어리둥절함과 상관없이 네 몸은 너를 앞으로 밀어낸다. 파도가 순순히 갈라지더니 네 등을 밀어주기 시작한다.

너는 바다를 안다.

네 몸은 바다를 아주 잘 알고 있다.

네가 모르는, 네 생에서 두 해를 뺀 나머지 삶의 네가 너를 밀어내고 나오려 한다.

너는 의미 모를 소리를 지르며 숨을 몰아쉰다. 이번에도 살 수 있을지도 모른다. 이 년 전에 그랬듯이. 달빛에 눈부시게 번쩍이는 무지개색 비늘들 속에 파묻혀 너는 앞으로 나아간다. 제 세상 속의 멸치들은 네 몸을 부드럽게 타 넘으며 흩어진다. 나아간다. 앞으로. 더 앞으로. 결국 네 손 끝에 조각배의 뱃전이 닿을 때까지.

너는 힘겹게 한 손을 걸치고 몸을 끌어올린다. 지칠 대로 지친 네 몸은 말을 잘 듣지 않는다. 그래도 두 명 몫의 생을 짊어진 손은 마지막 힘을 다해 네 몸을 당겨 올린다. 배가 뒤집힐 듯 기우뚱거리다 그 반동으로 너를 끌어올려 실어낸다. 실로 얼마 만인지 모를 단단한 바닥 위로 너는 나동그라진다.

바닥에 무릎을 꿇고 바닷물을 토해낸다. 가쁜 숨을 몰아쉬다가, 겨우 고개를 든 너. 너는 배의 주인과 눈이 마주친다. 빈 배가 아니다. 자리에 납작하게 눌러 붙어 있던 그자의 몸이 검은 진물에서 쩌적 소리를 내며 떨어진다. 얼굴은 이미 다 썩어 허물어졌으나 입은 옷은 왜인의 것이다. 아마도, 괴질에 걸린 걸 알고 혼자 마을을 떠나기로 마음먹었던 자일까.

그자가 뼈가 드러난 목을 기울이더니 구멍밖에 안 남은 코를 허공에 대고 이리저리 휘젓는다.

입술을 꾹 말아 깨물고서, 너는 뱃전의 노로 그자를 후려친다. 우두둑 소리를 내며 부러진 상체가 바닷속으로 풍덩 떨어진다. 너는 경련하는 그 하체도 배 밖으로 던져버린다.

이 배는 이제 네 것이다.

이 세상에 네 것이 하나 더 늘었다.

시신 녹은 물이 웅덩이로 고여 파리가 새까맣게 꼬인 이 배 한 척이 썩 귀하게 느껴진다.

너는 갑자기 웃음이 나온다. 왜 웃는지도 모르는 채 너는 미친 듯이 깔깔거린다. 살아남았다는 기쁨 때문일까. 잘 모르겠다. 그냥, 그냥 웃음이 나와서 너는 어쩔 줄을 모르겠다. 그리고 그 웃음이 왜 갑자기 또 울음으로 변하는지도 너는 알 수가 없다. 바닥에 주저앉은 너는 한 손으로 부른 배를 껴안고 한 손으로 뱃전을 붙든다.

네가 떠나온 마을, 네가 떠나온 해변이 저 멀리 보인다.

마을을 뒤덮은 불길 때문에 네 눈은 더없이 환하다. 사방에서 새까맣게 몰려든 걸어다니는 시신들은 저들끼리 길게 늘어서 사람의 벽을 이루고 있다. 움직이는 사람의 벽은 겁에 질린 마을 사람들을 넓게 감싸더니 조여들고 조여들다 이내 집어삼켜 한 뭉치가 된다. 그들이 멸치 후리 그물질을 하던 그 모습 그대로. 서로의 무게로 짓뭉개지던 멸치 떼들, 너를 올려다보던 그 눈깔들. 너는 양손으로 귀를 틀어막는다. 들릴 리 없는 비명이 네 귀에는 들린다. 너를 아는 모든 사람들이 저곳에 있었는데.

바다와 뭍이 섞이고, 조선인과 왜인이 섞이고, 살아 있는 모든 것들이 섞이던 마을에서 이제는 산 것과 죽은 것도 섞이기로 한다. 너는 뱃전에 매달려 누구를 위해서인지 알 수 없이 짐승처럼 오열한다.

얼마의 시간이 그렇게 흘러갔을까. 어느 순간 해변의 비명소리가 거짓말처럼 뚝 끊기고 괴괴한 침묵이 그 자리에 남는다. 모든 것이 꿈만 같은 파국 속에서 뱃전에 철썩이는 파도 소리만이 네 정신을 붙잡아 올린다.

너는 바다에서 나와 이제 바다로 돌아왔다.

네 손에 남은 것은 쓸쓸하고 철저한 죽음을 위해 물 한 모금 싣지 않은 조각배 한 척과 노 한 쌍, 바닷물에 절어 팔다리에 휘감긴 치마저고리, 그리고 가늘게 떨며 네 속으로 파고드는 네 세상에 단 하나뿐인 네 벗, 그 작은 생 하나.

가늘게 떨리는 울림이 네 안을 두드린다. 조심스레 네 안부를 묻듯이.

너는 고개를 든다.

그리고 생각한다.

어쩌면, 그래도, 괜찮을 것 같다고. 그 무엇도 가지지 못한 채 저 해변에 내던져졌던 때에 비하면 너는 지금 가진 것이 참으로 많지 않은가. 너는 그렇게 말한다. 말해서 들려준다. 너 자신에게. 그리고 네 벗에게. 이 마을은 긴 여정 중에 들른 기항지였을 뿐. 두 해 동안 잘 쉬며 귀한 너까지 얻었으니 이젠 기쁜 마음으로, 그렇게 다시 갈 길로 돌아가면 그뿐인 것이라고. 네 길은 본래 바다에 있었던 모양이라고.

너는 팔을 뻗어 노를 끌어당긴다. 어쩌면 너는 노 젓는 법도 알고 있을지 모르겠다. 너는 잘 길든 소가 아닌 것이다. 고삐는 예전에 끊겼고 네 발에 달린 것은 발굽보다는 지느러미에 가까운 것일지도 모른다. 바다가 알려주었다. 너는 그러니까 소보다는 이를테면,

멸치 같은.

너는 입 밖에 낸 말을 깊이 들이마신다. 그래. 너는 멸치가 되기로 하자. 이제 네 무리를 다시 찾아 물살을 헤치기로 하자.

웃음도 울음도 다 토해낸 몸이 이상스레 가볍다. 너는 몸을 일으켜 바닥을 딛고 선다. 물살 위에서 출렁임에도 그 발밑이 전에 없이 단단하게 느껴진다. 그 발끝을 한참 내려다보던 너는 붉어진 눈을 수평선으로 돌린다. 까마득하게 넓은 무지가 한정 없이 펼쳐진 그 속을 너는 잠잠히 오랫동안 들여다본다. 이윽고 너는 노를 물에 담근다.

길이 보이는 듯도 하다. 달이 밝고 바다는 잔잔하니까. 그리고 늘 그래왔던 것처럼,

너는 눈이 좋기 때문에.

식귀(食鬼)

성재하

**1991년 부산에서 출생했다. 한신대 문예창작학과 졸업하였고,
「식귀」로 제9회 ZA 문학 공모전 우수상을 수상하였다.**

그걸 처음 본 것은 어느 하굣길이었다.

편의점에서부터 조짐이 좋지 않았다. 에너지 드링크를 사려고 잠시 들렀는데, 3, 40대쯤으로 보이는 한 남자가 바구니 두 개에 음식들을 쓸어 담고 있었다. 핫바와 삼각김밥, 편의점 도시락과 냉동식품, 음료수, 과자들을 닥치는 대로 넣었다. 누가 쫓아오기라도 하는 것처럼. 점원도 그를 미심쩍게 쳐다보았다.

다 담자 그는 날 제치고 달려 계산대로 갔다. 바구니 두 개를 쾅 계산대에 올려놓았다. 점원은 약간은 겁에 질린 표정으로 바코드를 하나하나 찍어 봉투에 담았다. 남자는 조금만 빨리 해 주세요. 조금만. 아 조금 더 빨리요! 라고 재촉

하더니 이미 바코드를 찍은 핫바를 그 자리에서 뜯어서 먹기 시작했다. 계산이 다 되자 봉투를 들고 테이블로 달려가 계속 먹었다. 나는 계산을 한 뒤 남자가 무너뜨린 편의점 바구니들을 다시 정리해 두고 나갔다.

배가 많이 고픈가 보지. 난 대수롭지 않게 여기려고 애쓰며 머리에서 털어냈다. 집을 향해 걸으며 마저 할 공부를 되새겼다. 가로등만 몇 개 켜진 좁은 길로 들어섰다. 그런데 이상한 소리가 났다. 까드득, 까드득, 하며 뼈가 있는 고기를 먹는 듯한 소리였다.

자세히 보니 나무 그림자 아래로 깡마른 남자가 한 명 있었다. 다 해진 바지만 입고 상의는 입고 있지 않았다. 머리 왼쪽에는 다쳤는지 머리카락이 없었고 피딱지로 가득했다. 그는 두 손에 털이 달린 작은 짐승의 사체 같은 걸 움켜쥐고 있었다. 나도 모르게 멈춰 그를 보았다. 그러자 그와 눈이 마주쳤다. 잘못 본 게 아니라면 눈이 보라색 같았다. 나는 흠칫, 하며 놀라 그를 지나쳐 빨리 걸어갔다. 낌새가 이상해 뒤를 돌아보았다.

그가 일어서서 내 쪽을 보고 있었다. 손에는 고기를 꽉 쥐고 허리를 반쯤 굽힌 채 나를 뚫어져라 쳐다보았다.

*　*　*

공부를 끝내고 자려는데 전자레인지가 조리를 끝냈는지 '땡' 소리가 났다. 누나의 방 쪽에서는 중얼거리는 소리가 나지막하게 들려왔다. 나는 한숨을 쉬고 누나의 방으로 걸어갔다. 노크를 해도 아무런 반응이 없었다. 문을 열고 들어가 보니 누나는 역시 노트북으로 인터넷 방송 라이브를 켠 채 욕을 해대며 온갖 음식을 먹고 있었다. 앞에는 로제 떡볶이, 후라이드 치킨, 치즈볼, 족발이 든 플라스틱 용기들이 보였다. 노트북 화면 속에서는 몇 안 되는 시청자들의 채팅 내용이 보였다. 저런 식으로 욕하며 더럽게 먹는 먹방을 누가 보나 싶었지만 누나는 식비를 벌려고 하는 것 같았다. 누나는 떡볶이 안에 든 중국당면을 빨아들이다 나를 보았다. 입에 소스가 묻고 손에는 기름을 묻힌 채였다. 누나는 음음음, 하고 소리를 냈다. 내가 다 먹고 말하라고 하자, 누나는 면을 다 먹은 뒤 "아 맞다" 하며 방 밖으로 나갔다. 그리고 전자레인지로 가더니 녹인 투게더 바닐라 맛 아이스크림이 든 통을 들고 왔다. 누나는 의자에 앉아 그걸 통째로 꿀꺽꿀꺽 마셨다. 입에서 아이스크림이 몇 줄기 주르륵 흘러내렸다. 나는 눈을 질끈 감았다.

"뭐 하고 있었냐?" 방송을 끄고 누나가 물었다.

"고딩인데 공부하지."

"뭐 되려고? 사업가? 대통령? 교수?"

나는 한숨을 쉬었다.

"누나도 이렇게 했었잖아."

"하하하. 씨. 발." 누나가 낄낄거리며 말했다. "나도 왜 그렇게 했나 모르겠는데 네가 따라하니까 말이야. 내가 널 구조해야 하지 않겠어? 하지 마. 하지 마."

누나는 킥킥대며 다시 아이스크림을 마시기 시작했다.

누나는 저런 사람이 아니었다. 나보다 열 살 위. 늦둥이인 나에게 누나는 부모님이자 선생 같은 존재였다. 사업으로 바쁜 아버지와 작품 활동으로 정신이 없는 어머니를 대신해 누나가 그 빈틈을 메웠다. '박성하'라는 인간은 완벽했다. 동네에 소문이 날 정도로 예쁜 얼굴. 공부와 운동을 잘하는 우등생. 타인의 마음을 끄는 성격까지. 누나는 반장과 전교 회장을 밥 먹듯 했었다. 내가 10살 때 누나는 국내 최고의 대학 수학과에 입학했다. 대학생이 되고 나서도 누나는 여전했다. 비록 성별이 다르고 나이 차이도 많이 났지만 누나는 내 롤모델이었다. 박성하가 아니라면, 달리 누굴 롤모델로 할 수 있었을까. 지금 생각해도 틀린 결정이 아니었다.

14살 때 중간고사를 망쳤다. 반에서 4등이었다. 부모님에게 대판 혼나고, 방에서 낙심하고 있는데 누나가 들어왔다. 나는 누나에게 궁금한 것이 있었다. 어떻게 그렇게 잘났냐고, 힘든 티도 안 내고 어떻게 아무렇지도 않게 모든 걸 잘해내냐고.

"너 그거 한번 경험해 봐." 누나가 웃으며 입을 열었다. "무엇이든 잘해내면 주변 사람들 눈빛이 변해. 사는 것도 재밌어지고 자신감도 붙는다? 무엇보다 인생은 짧잖아. 잘난 사람들도 많고. 나도 완벽한 인간이 되어보고 싶어. 그럼 어떤 세상이 펼쳐질지 기대돼. 뭐든 열심히 하고 잘하는 사람에겐 큰 행복과 새로운 세계가 있지 않을까?"

나는 그 말을 가슴에 새겼다. 나도 궁금했다. 내가 사는 태도가 바뀌면 삶이 어떻게 될지. 가끔 흔들릴 때면 내 어깨에 손을 얹고 말하던 누나의 얼굴과 모든 것에 최고가 된 내 모습을 상상했다. 나는 반에서 1등을 하고 차츰 전교권으로 등수를 높여갔다. 운동을 해 군살도 뺐다. 친구들끼리의 대화나 농담도 연구했다. 주변에선 나에게 놀라더니 점차 나를 인정하기 시작했다. 나는 누나처럼 반장이 되고 전교 회장이 되었다. 노력은 하면 할수록 중독성이 있었다. 그것은 성과를 주었고, 나는 다음에 할 노력이 가져다줄 결과에 설렜다. 나도 누나처럼 될 수 있다. 아니라면 비슷한 존재라도. 이대로라면 무엇이든 할 수 있을 것 같았다. 세상은 한번 살아볼 만한 것 같았다.

누나가 저렇게 된 건 퇴사와 파혼을 겪은 뒤였다. 그 좋은 대기업을 그만두고, 주위에 자랑을 할 만큼 멋진 약혼자와 파혼까지 해버렸다. 부모님에게 누나의 폭식을 말해봤지만, 가만 놔두라는 식이었다. 나는 누나가 예전의 모습을 찾길 바랐지만 몇 개월 동안이나 그대로였다. 나에게 한 말들은 다 무엇이었나. 정말 한심하고 경멸스러웠다.

한번은 누나의 일기를 본 적이 있었다. 나는 누나가 거실에서 늦게까지 야식을 먹고 테이블에 남긴 걸 한숨을 쉬며 치우고 있었다. 테이블 위의 플라스틱 용기들과 핸드폰 곁에 손바닥만 한 크기의 파란 노트와 펜이 보였다. 뭔가를 쓰다가 음식이 도착해서 먹기 시작했던 걸까. 내용을 보고 싶은 유혹을 이기지 못하고 노트를 열어보았다.

나는 사회의 톱니바퀴에 불과하다. 이런 걸 위해 지금껏 노력해 온 게 아니다. 재벌들이 주는 부스러기나 주워 먹는 인생이다. 나는 학생 때부터 홀로 경쟁을 해왔고, 대단하지도 않은 걸 위해 회사에선 또 경쟁해야 한다. 다른 사람들은 이걸 어떻게 견디는 걸까?

일도 사랑도, 지루하고 반복적이다. 가슴 속이 텅 빈 것 같다. 뭘 해봐도 채워지지 않는다. 온 세상이 잿빛이다. 내가 쟁취하려고 했던 청춘은 이런 게 아니었다.

하긴 삶이 이렇게 될 걸 예상 못 한 내 잘못이다. 나는 그저 어른들이 하라는 것만 열심히 하던 바보였을 뿐이니까.

먹지 않으면 하루가 헛되이 지나가는 것 같다. 차갑고 깊고 외로운 어떤 구멍 같은 곳으로 빠져버릴 것만 같기도 하다. 그런데 실컷 먹고 나면 죄책감과 패배감만 가득할 뿐이다. 다음 날 밤도 똑같은 일이 반복된다.

또 참지 못하고 뭘 또 먹었다. 밤만 되면 나는 너무 외롭다. 그리고 아무것도 가진 게 없는 것 같다. 뭔가가 채워지길 원한다. 이런 생각이 들 때마다 계속 먹을 걸 찾게 된다.

눈에 띄는 몇 가지 문장들을 따라가며 일기를 읽었다. 누나의 일기들은 긍정과 부정을 오갔다. 그러다 배가 고프다는 고민을 채운 일기들이 주를 이루게 되었다. 나를 격려해주던 어린 시절의 누나와 입에 뭔가를 묻힌 채 내가 공부하는 걸 비웃는 누나의 얼굴이 스쳐갔다.

나는 안타까우면서도 나약한 푸념에 불과하다고 느꼈다. 단순히 하고 싶은 게 없다거나 회사 생활에 적응을 못 한 것 아닌가. 중학생 때까지는 그토록 우러러봤던 누나였는데 저렇게 된 걸 보고 나니 실망감만 커졌다. 하지만 일기의 내용들은 내 맘속에서 오래 맴돌았다.

다음 날, 난 저녁을 먹고 학교 운동장 구석의 철봉에서 턱걸이를 했다. 야자 시작 전까지 그런 식으로 운동을 하곤 했다.

"오, 캡틴 아메리카. 이건 수험생 체력 관리 같은 거야?"

언제 왔는지 보브컷 단발머리에 약간 줄인 교복을 입은 여자애가 쭈그리고 앉아 날 보고 있었다. 한초연이었다. 주변에서는 신을 받은 아이로 소문이 나 있었고, 그건 사실이었다. 어릴 때부터 신병이 있었고 부모님은 원치 않았다고 하나, 중학생 때는 걷잡을 수 없이 심해졌고 신을 받게 되었다고 한다.

"애기무당." 내가 대답했다. "뭐 그런 셈이지. 시간 아깝잖아."

"이야. 세계정복은 어때? 잘 돼가?"

"거의 뭐 손 안에 있지. 끝나면 법당 하나 크게 지어줄게."

"고마워. 거기서 굿 한 판 하면 되겠네. 동창 세일 10%."

"개수작 말고."

초연은 팔을 꼰 채 킥킥거렸다.

아무래도 그녀의 배경이 으스스하여 주변에서 피할 만했지만 그렇지는 않았다. 본인 성격 자체가 워낙 사교적이라 교우관계에 큰 문제는 없어 보였다. 무당이라고 해서 특유의 서늘한 말이나 괴상한 표정 같은 것도 일체 하지 않았다. 성적도 상위권이었고 생활도 무난한 것 같았다. 편견을 가지고 그녀를 피하는 학생들은 있었지만, 그런 것조차 개의치 않고 그녀 쪽에서 항상 먼저 접근하는 모양이었다. 오해는 곧 풀렸고 인기는 많아졌다. 언제 친해졌는지도 모르게 나와도 농담을 주고받는 가까운 사이가 되어 있었다.

"야. 궁금한 게 있는데." 초연이 말했다. "혹시 배 안 고파?"

"방금 저녁 먹었잖아. 왜. 배고파? 너 집 가잖아. 갈 때 국밥 한 뚝배기 땡겨."

"아니, 그 얘기가 아니라. 뭐랄까. 전반적으로?"

"전반적으로 배가 고프냐고? 뭔 소리야 그게."

"야. 그 뉴스 봤냐. 저기 저 편의점에서. 어떤 남자가 막 다 사서 다 처먹고 토하다가 편의점 직원 물었대. 배가 그렇게 고팠나 봐. 미친 새끼 아냐?"

"그래? 근데 그게 나랑 무슨 상관이야."

"아니면 됐고." 초연은 뜸을 들이다 또 입을 열었다. "혹시 주변 사람들은 괜찮냐? 막 이상한 말하고 그러지 않아? 먹으면 가질 수 있어, 라든가."

"너 혹시 굿판 영업하냐? 선은 넘지 마라. 나 그런 거 안 믿으니까."

"아냐, 아냐. 그냥. 뭐. 혹시나 해서 그러는데. 뭔가 평소랑 다른 일이 생기면 말해줄래?"

학교에서 이상한 얘기는 일절 안 하던 앤데. 애도 어쩔 수 없는 무당이 맞구나, 라고 생각했다. 그 순간 누나가 떠올랐다. 뒤늦게 얼마 전 편의점에서 봤던 남자도 생각났다. 한초연이 얘기하는 게 혹시 그 사람인가 싶었지만 내색하진 않았다. 그리고 초연 쪽을 슬쩍 봤을 때, 눈을 마주쳤다. 농담도, 영업도 아니다. 눈이 말해주고 있었다. 걱정하는 눈빛. 분명히 뭔가를 염려하는 눈빛이었다.

토요일이었다. 주말이라 일찍 집에 들어와 문을 열었는데 이상한 소리가 들렸다. 집의 불은 모두 꺼져 있었다. 쿵쿵, 하고 누군가가 냄새를 맡는 소리 같았다. 천천히 거실 쪽으로 갔다.

소파에 누운 누나 위에 한 남자가 앉아 있었다.

내가 얼마 전에 본 보라색 눈의 남자였다. 아니, 남자라기보단 '그것'에 가까웠다. 그것은 누나의 입 위로 코를 댄 뒤 뭔가를 빨아들이듯 상체를 위로 올리고 고개를 뒤로 젖혔다. 한 번 들이마실 때마다 짜릿한 쾌감을 느끼기라도 하는 듯 눈을 까뒤집었다. 그 동작을 세 번 정도 반복했다. 누나는 잠에서 깰 기미가 보이지 않았다.

누나가 눈을 뜨고 고개를 휙 돌려 나를 노려보았다.

나는 헉 하며 숨을 마신 채 잠에서 깨어났다.

누나는 소파에 있지 않았다. 나는 내가 서 있던 그곳에 누워 있었다. 왜 여기서 자고 있지, 라는 생각을 하던 찰나 극심한 허기가 느껴졌다. 당장 냉장고에서 아무거나 꺼내 먹고 싶을 정도의 허기였다. 냉장고로 가려는데 누나의 방에서 옷을 찢는 소리가 들렸다.

방에 들어가 보니 누나가 블라우스를 이빨로 뜯고 있었다. 무릎 위에는 검은색 정장이 널브러져 있었다. 나는 충격을 받아 움직이지 못하고 가만히 서서 보기만 했다. 누나는 이빨로 뜯은 작은 블라우스 조각을 질겅질겅 씹었다.

"어어 그만해. 그거 삼키다 목 막혀!"

나는 달려가 누나의 입에 손을 집어넣어 블라우스를 빼려고 했다. 누나는 손으로 내 목을 밀쳤다.

"어라, 이 씹새끼 들어왔었네." 누나가 말했다. "원대한 포부를 품은 박성진 씨. 킥킥킥…… 병신 새끼."

"뭐야. 뭔 짓거리야."

"좆만 한 새끼야. 난 너만 보면 왜 이렇게 화가 날까. 네가 아등바등하는 걸 보면 내가 다 손해 본 느낌이 든단 말이야. 야, 지랄병아. 좆 빠지게 뭐 하면 될 줄 알아?"

나는 멍하니 바라만 보았다. 누나는 나를 아래위로 쓱 훑어보더니 말했다.

"그래서 말인데. 내가 네 팔뚝 살 조금만 먹어도 될까? 뭘 먹어도 이제 의미가 안 느껴져."

"뭐래는 거야. 미쳤어?"

"야, 그것도 못 해주냐. 나는 네 편이었는데, 너는 나 괄시하잖아. 내가 우습지? 우스워서 상종도 하기 싫지? 동생이라는 게. 의리 없는 새끼. 뭐, 괜찮아. 팔만 좀 먹으면…… 먹으면 가질 수 있지."

‘막 이상한 말하고 그러지 않아? 먹으면 가질 수 있어, 라
든가.’ 순간 초연이 했던 말이 떠올랐다.

그때, 누나가 달려들어 내 팔뚝을 물었다. 나는 누나의 머
리를 때려 가까스로 떨쳐냈다. 누나는 입을 벌리고 내 얼굴
을 향해 달려들었고 나는 팔로 막았다. 평소의 누나라고 생
각할 수 없을 정도로 완력이 강했다. 나는 다시 떨쳐내고 현
관문을 향해 달렸다. 뒤에서 쫓아오는 발소리가 들렸다. 나
는 현관문을 쾅 닫고 밖을 향해 계속 도망쳤다. 저만치 뒤에
서 누나의 고함 소리가 터져 나왔다.

“야! 팔 하나만! 아니 그냥 다 줘! 내 동생! 제발 너 좀 처
먹게 해 줘! 좀 처먹게 해 줘 씨발 새끼야!”

나는 근처 상가 건물로 들어갔다가 또 다른 출구로 나와
옆 상가 화장실로 들어갔다. 누나가 외치는 소리가 들리더
니 잦아들었다. 대체 누나는 왜 그렇게 된 것일까. 그 정도
면 거의 신경증에 가까웠다. 하지만 누나가 폐쇄정신병동에
입원하는 건 끔찍한 일이었다. 만나서 잘 달래보면 뭔가 달
라질까. 아니다. 누나의 상황은 단순한 분노나 정신병의 영
역이 아닌 어딘가 비정상적인 데가 있었다. 누나를 다시 찾
아 어떻게든 해야 했다.

상가 밖으로 나왔는데 여기저기서 소란소리가 들렸다. 뭔가가 넘어지는 소리, 비명소리, 고함 소리들이 드문드문 터져 나왔다. 건너편의 편의점에서는 판매대가 엎어지는 게 보였다. 사람이 사람을 쫓거나 자동차가 서로 부딪쳤다.

내 옆에서 머리 희끗한 남자 노인이 날 바라보고 있었다.

"학생. 부탁이 있는데. 배가 고파. 근데 집에 먹을 게 다 떨어졌어. 더 이상 먹을 게 없어. 학생을 좀 먹으면 안 될까?"

"무슨 소리예요?"

"다 주기가 좀 그러면 심장 하나만 먹게 해줘. 심장, 학생 심장 한창 싱싱할 때잖아. 아무도 날 도와주지 않아. 먹으면 가질 수 있대."

그는 입을 쫙 벌리고 나에게 달려들었다. 내 목을 물려고 했다. 나는 중심을 잃고 쓰러졌다. 팔로 그의 입을 막았다. 노인은 눈에 초점을 잃은 채 숨을 가쁘게 몰아쉬며 입을 벌렸다. 내 위로 올라탄 그는 내 팔뚝을 두 손으로 쥐고 깨물었다. 그의 입에서 나온 침이 내 얼굴로 떨어졌다. 비명이 내 입에서 터져 나왔다.

그때 누군가 노인의 머리 뒤를 막대기로 세게 쳤다. 초연이었다. 노인은 꿈쩍도 하지 않고 나를 계속 공격했다. 초연은 황급히 가방에서 카스텔라를 꺼내 포장을 뜯어 노인의 입에 갖다 대고 쑤셔넣었다. 그런 다음 머리를 발로 두 번 걷어찼다.

"야, 빨리 일어나. 아무 데나 빨리 숨어야 돼. 뛰어!" 초연이 소리쳤다.

우리는 상가 건물로 들어갔다. 곳곳에서 싸움이 벌어지고 있었다. 그중에는 경찰복을 입은 사람도 있었으나 그도 정상은 아닌 걸로 보였다. 다시 거리로 나와 한 패스트푸드점으로 들어갔다. 중년의 남자 한 명이 이빨을 드러내고 달려드는 사람을 소화기로 때렸다.

"문 잠가요! 빨리!" 그가 우릴 아래위로 훑더니 말했다.

우리는 문을 잠갔다. 뒤이어 한 여성이 문 앞에 멈춰 섰다. 그리고 외쳤다.

"문 좀 열어주세요! 배가 고파요! 살덩이 몇 개만 좀 떼어주세요!"

"안 돼. 열지 마요!"

"야. 이 나쁜 놈들아. 빨리 문 열어! 아 너무 배가 고파. 살려주세요. 죽을 것 같아. 너무 괴로워요. 너무 힘들어!" 여자가 울면서 말했다.

그녀는 저만치 뒤로 물러나더니 유리창을 향해 돌진해 머리를 유리에 박았다. 쾅 하는 소리가 들리더니 머리가 깨졌다. 배를 움켜쥔 채 지나가던 한 남자가 쓰러진 여자를 보고 달려들어 허벅지 쪽을 물어뜯었다. 뒤이어 앞치마를 입고 정육점에서나 쓸 법한 네모난 칼을 든 남자가 허벅지를 뜯 어먹고 있는 남자의 목을 뒤에서 그었다. 그런 다음 그의 배 를 칼로 가르더니 얼굴을 파묻고 먹기 시작했다. 푸드점 안 에서 비명이 터져 나왔다.

패스트푸드점에서 정상적인 사람은 나를 포함해 다섯 사 람이었다. 20대 초반으로 보이는 푸드점 남자 점원, 중년으 로 보이는 남자, 60대는 넘겼을 것으로 보이는 할머니, 초연, 그리고 나였다. 우리는 가게의 불을 다 끄고 시체들을 카운 터 바깥으로 끌어내고 카운터 뒤로 숨었다. 해가 졌는데도 밖에서는 계속 다툼이 벌어지고 있었다. 자동차가 도로를 이탈해 건물에 처박히기도 했다. 우리는 패스트푸드점 안에 서 밤까지 버텨보기로 했다. 다행히 감자튀김, 패티, 빵 등 식재료들이 많아 얼마간은 버틸 수 있을 것 같았다.

"이게 무슨 일이야. 세상에." 점원이 말했다.

"다들 어떻게 된 거예요?" 내가 물어보았다.

"잠시 슈퍼에 들렀는데 영감 한 명이 나를 먹어버린대. 그 래서 이쪽으로 도망 나왔어. 그런데 이 지경이야." 할머니가 말했다.

"이게 영화로만 보던 좀비 같은 건가." 아저씨가 말했다.

"그렇다 치고는 말을 하는데요." 점원이 말했다.

"멀쩡한 것 같아도 사람을 먹고 싶어 해요. 부위는 각자 다른 것 같지만." 초연이 말했다.

우리는 각자가 본 것들을 토대로 변한 사람들의 상태에 대한 정보를 주고받았다. 무슨 이유에서인지 갑작스레 걸신이 들린다. 배가 고프다며 괴로움을 호소한다. 결국에는 사람을 공격한다. "아무도 도와주지 않는다", "먹으면 가질 수 있다" 등의 말도 한다. 여기서부터 차이가 나타난다. 개개인마다 선호하는 부위가 다르다. 팔, 다리, 심장이나 가슴 등. 그리고 거기에 굉장히 집착한다.

나는 초연을 따로 불렀다. 그녀는 나한테 '평소와 다른 일'이 있으면 얘기하라고 했다. 분명히 뭔가를 알고 있을 터였다.

"야, 이거 무슨 상황이야."

"나도 잘 모르겠어. 근데, 뭐 이상한 놈이 있는 것 같은데. 뭘 봐야 말이지. 그래서 바리바리 싸서 나와 봤잖아."

초연은 방울이 툭 튀어나와 있는 큰 빨간색 백팩을 가리켰다.

휴대폰에는 부모님으로부터 온 부재중 전화가 몇 통이나 와 있었다. 나는 부모님에게 전화를 걸어 패스트푸드점 안으로 피했다고 얘기하고, 누나에게 증상이 나타났다고 말했다. 재난 경고 문자가 왔고, 경찰이 출동했으나 그들 사이에서도 걸신들린 사람들이 나타나 혼란이 빚어졌다는 기사가 떴다. 거리에서는 소란 소리가 주기적으로 들려왔다. 우리들은 모두 카운터 뒤에서 말없이 앉아 있었다. 괜찮아졌다 싶으면 입구에서 몇 명이 문을 두드렸고, 우리가 숨어서 반응을 하지 않으면 그들끼리 싸우다 살인이 일어났다. 이긴 쪽이 진 쪽의 시체를 먹었다. 그러다 또 새로운 사람이 와서 이긴 쪽을 공격했다. 그들은 말도 하고 아주 약간의 정신도 있는 듯했다. 다만 끝없는 배고픔과 식인 욕구에 시달리고 있는 것 같았다.

사람을 먹고 싶다는 욕망만 없을 뿐이지 허기는 우리에게도 있는 것으로 보였다. 우리는 현재의 증상에 대해 이야기를 나누어보았다.

"아까부터 배고픈 게 너무 심해졌어. 지금도. 지금도 사실 뭘 막 먹고 싶어. 꿀에 찍은 가래떡이랑 사탕이랑." 할머니가 말했다.

"저도, 집에서 냉장고 안에 있던 걸 꺼내먹다 나왔어요."

초연이 말했다.

"우리 누나는 평소에 폭식이 심했는데, 오늘 갑자기 밖에 사람들처럼 저렇게 됐어요. 물론 저도 지금은 배가 고프고요." 내가 말했다.

아저씨 또한 별 증상이 없었는데 갑자기 배가 고파졌다고 말했다. 그리고 이럴 때일수록 정신을 바짝 차려야한다고 했다.

"무엇보다도 제 누나가 바깥에 있어요. 지금 찾으러 나가면 안 될까요? 저러다가 죽을지도 몰라요."

"안 돼. 지금 나가면 죽어." 아저씨가 말했다.

"누나는 어떻게 변한 거야?" 점원이 물었다.

"몇 주 전부터 미친 듯이 배달시켜 먹어대더니. 오늘 갑자기 저를 공격했어요. 그 직전에는 옷을 찢어먹기도 했고요. 아, 그리고…… 아, 아니에요." 나는 그 이상한 남자가 나오는 꿈에 대해 말하려다 그만두었다.

"그리고 또 뭐?" 초연이 날 노려보며 물었다.

"아냐, 아냐."

초연은 자기가 무당이라는 걸 밝힌 뒤 사람들에게 붉은 한자가 써진 노란 부적을 한 장씩 나누어주고, 카운터 앞웨이팅 공간에 황토색 가루를 여섯 덩이로 나누어 뿌렸다. 그러곤 사람들이 없는 구석에 가서 백팩의 지퍼를 열고 안을 뒤지고 있었다. 나는 뭘 하는지 궁금해서 따라가 물었다.

"뭐 해?"

"너, 무슨 잡스러운 거 봤지? 빨리 말해 봐. 이상한 거라도. 다 단서가 돼."

나는 내가 봤던 것을 모두 말했다. 편의점에서의 일, 길거리에서 봤던 남자, 그리고 그 자가 내 꿈에 나타났던 일에 대해서도.

"아니, 그걸 지금 와서. 박성진, 너 죽을래?"

초연은 날 노려보다 눈을 질끈 감았다 떴다. 가방에서 두 번 접은 빨간색의 사각천과 한자가 쓰여 있는 복주머니를 꺼냈다. 그리고 방울이 달린 막대기를 천 옆에 놓았다. 그녀는 복주머니 꾸러미를 풀더니 탈탈 털어 천 위에 나무로 만든 정사각형의 조그만 도구들을 쏟아냈다. 초연은 그것들을 손가락으로 이리저리 건드리며 굴렸다. 그리고 방울을 들고 눈을 감은 채 흔들었다.

잠시 뒤에 방울 흔들기를 멈추고 눈을 떴다.

"일단 여기서 나가지 않는 게 좋아." 그녀가 한숨을 쉬었다. "이거, 사이코패스 같은 놈이야. 이놈, 식귀야."

"식귀? 누가?"

"지금 이 난리를 만든 놈! 불교에서는 아귀라고도 하는데. 굶어 죽은 놈이래. 여기저기 다니면서 사람들 바람을 빨아먹지. 그러니까, 정신머리가 빨리는 거야. 바람 빨린 사람은 정신이 나가서 뭐든 먹으려 든대. 밖에서 난리치는 사람들처럼."

내 머릿속에 보랏빛 눈빛의 존재가 떠올랐다. 그것이 식귀란 놈일까.

"이놈은 우선 특정한 영역에 파장을 발생시켜, 처음에 여기 왔을 때는 잠시 상황을 보다가 오늘부터 본격적으로 힘을 개방하고 날뛰고 있는 거야. 아마 이놈의 파장은 하나의 동 단위쯤 되는 것 같대. 그 안에 있는 인간들은 갑작스러운 식욕을 느끼게 돼. 그리고 그 힘에 휘말려 정신줄을 놓거나 약해지면, 식귀가 그 사람 앞에 나타나서 바람을 빨아먹어. 그게 그놈한테는 별미인 거야. 그렇게 되면 바람이 빨린 사람은 밖에 있는 저 사람들처럼 인간까지 먹는 지경에 이르게 된대. 그놈은 바람을 빨아먹기 전에 주술어를 써서 정신을 홀린대. 주술어는 항상 바뀌지만 이번에는 '아무도 도와주지 않아. 먹으면 가질 수 있어' 라는 말이 주술어인 것 같아. 머릿속에 계속 그 말이 울리는 거지."

“누가 그래?”

“동자님이.”

“귀신 때문에 이 지경이 났다고? 아무리 그래도……”

“그럼 뭐 때문에 이 사달이 나야 말이 되는 건데? 원인을 뭐라 생각하든 네 자유인데, 맘 단단히 먹어. 나약한 생각하지 말고.”

“나약한 생각이 뭔데?”

“정신줄을 놔버리는 거라니까. 뭔가 먹으면 괜찮아질 거라는 생각. 그때 표적이 되고 그 놈한테 걸리면 맛 가는 거야. 그런데, 너희 누나는 뭘 먹고 싶어 했어?”

“팔을 달라던데?”

“팔? 왜 팔이지. 보통 자신이 바라는 것과 관련 있는 부위를 먹으려고 하는데. 팔로 뭘 하고 싶다는 거지. 너무 범위가 넓은데.”

내가 생각에 빠진 사이 초연은 카운터 뒤의 사람들에게 가서도 나에게 얘기해준 사실들을 설명했다. 지금 이런 상식적이지 않은 상황의 원인을 설명하는 것이 불가능해서일까. 사람들은 당혹스러워하면서도 일단은 알겠다는 눈치였다. 우리는 우선 아무리 배가 고파도 먹는 걸 최대한 참기로 했다.

우리는 문 손잡이를 대걸레 봉으로 막아놓고 잠이 들었다. 할머니를 제외한 4명이서 돌아가며 경계를 서기로 했다. 나는 아저씨 다음으로 일어나 카운터 위로 바깥을 보았다. 시간은 새벽 5시를 넘어가고 있었다. 날이 점차 밝아왔다. 나는 조심스레 카운터 앞으로 나가 유리벽 너머로 거리를 보았다. 거리에는 시체들이 널려 있었고 바깥에서는 몇 사람이 중얼거리는 소리도 들렸다.

"왜. 누나가 걱정돼?"

뒤를 돌아보니 점원이 서 있었다.

"네, 그렇기도 하고…… 근데 왜 벌써 일어나셨어요." 나는 다시 카운터 뒤쪽으로 향하며 말했다.

"배가 너무 고프고 겁도 나는데 잠이 오나. 진짜 그 여자애 말처럼 귀신 짓이 맞는 건지."

"사실 저도 보긴 했어요. 그 귀신. 꿈인지 생시인지는 모르겠는데, 그게 누나 위에서 코로 뭘 흡입하더라고요."

"세상에. 누나는 대학생이야?"

"아니요. 저보다 10살이나 많아서 스물아홉이에요. 잘 나가다가 여러 일들이 있어서. 그것 때문에 그런지 약해지더라고요. 계속 뭘 미친 듯이 먹어대고. 원래 그러지 않았는데."

"누나도 답답했겠지. 나도 주로 먹는 걸로 풀긴 했어. 동아리 사람들이랑 만나서. 치맥 하고. 와서 취직 준비하고 그러지. 희망 같은 게 딱히 없어. 성실하게 살아서는 보통밖에 안 되잖아. 너도 그런 생각 들지 않아? 나도 고딩 때는 열심히 했지. 근데 그건 그때까지지. 결국 부모 잘 타고 난 놈들 노예 역할이나 하는 거 생각해 보면, 별달리 설렘이 없지. 그렇다고 누구처럼 코인이니 부동산이니 해서 다 날릴 수도 없는 노릇이고. 12년 동안 이러려고 공부했나 싶어. 그럼 또 배달이 당겨. 아, 그런 생각하니까 더 배고파지네. 뭐라도 조금만 먹으면 안 되나." 점원이 한탄을 했다.

"일단 좀 참아 봐요." 내가 대답했다.

어딘가 누나의 일기와 비슷한 말들이었다. 내가 보기에 그 식욕은 어떤 큰 기대와 실망에서 비롯되는 것으로 보였다. 기대가 큰 만큼 실망도 큰 법일 테니, 실망으로 텅 빈 가슴을 식음 행위를 포함한 여러 다른 것으로 채우려 드는 것일까. 누나도 누구보다 열심히 했으니 이상도 높았을 것이고, 크게 낙담해도 놀라울 게 없는 것이었다.

그때 안쪽에서 부스럭거리는 소리가 들렸다.

소리가 들리는 쪽으로 들어가 보니 할머니가 냉장고 안에서 냉동 치킨 텐더를 꺼내 먹고 있었다. 화들짝 놀란 나는 할머니에게 달려가 말렸다.

"선생님, 진정하세요. 정신줄을 놓으면 안 돼요!"

"아아, 미치겠어! 너무 울적해. 자식들은 결혼해서 떠나고, 남편은 죽고, 재밌는 게 하나도 없어." 할머니는 내 얼굴을 두 손으로 부여잡고 음식물을 튀겨대며 말했다. "이 나이에 할 수 있는 게 있나. 집에 가면 아무도 없어. 늙어서 이렇게 살 바엔 차라리 양껏 먹고 죽는 게 나아 그냥!"

잠에서 깬 초연과 아저씨도 할머니를 말렸다. 할머니는 제자리에 앉아 통곡을 했다.

"먹게 해줘! 살 날도 얼마 안 남았는데 마음대로 먹게 해 줘!"

"파장, 파장 때문에 그래. 계속 이렇게 약화시키나 봐. 양밥이 소용이 없었나?" 초연이 초조하게 눈동자를 이리저리 굴리며 중얼거렸다.

그때, 목 뒤가 서늘해졌다. 불길한 마음에 카운터 앞으로 다시 나가보니 시커먼 형상이 빠르게 기어 안으로 들어오는 게 보였다. 나는 바깥을 한번 보고 사람들이 자는 안쪽으로 다시 뛰어 들어갔다.

어어어, 이게 뭐야, 하는 소리와 동시에 쿵, 쿵 하는 소리가 들렸다. 꿈속에서 들었던 그 소리였다.

할머니 앞에 그것이 서 있었다. 아저씨와 점원과 초연은 옆에 넘어진 채 멍하니 그것을 보고 있었다. 그것은 주저앉은 할머니의 앞에 서서 그녀를 잠시 살펴보더니 우리들 한 명 한 명을 차례차례 훑어보기 시작했다. 모두들 얼어붙은 채 꼼짝을 못 했다. 그것은 검지와 중지를 일자로 만들고 위쪽 방향으로 들었다. 순간 서늘한 기운이 몸을 타고 내려갔다. 그것은 눈을 하얗게 까뒤집고 끽끽대며 부르르 떨었다. 발을 내디뎌야 한다. 피해야 한다. 나는 그렇게 생각하고 몸을 움직이려고 해봤으나 가위에 눌린 듯 몸은 움직이지 않았다. 머릿속으로 어떤 생각이랄까, 텔레파시랄까, 그런 것들이 흘러들어오는 것을 느꼈다. 너 너무 아등바등하잖아. 그러면 배고플 텐데. 이 세상의 누구도 널 도와주지 않아. 네가 원하는 것들. 전부 먹어버려. 그러면 가질 수 있어.

나는 명문대에 합격한 대학생들을 떠올렸다. 그들은 맛있을 것 같았다. 그래, 난 세상에서 살아남기 위해 홀로 발버둥치는 존재다. 먹어야 한다. 힘들여서 공부하기보다는 그들을 내가 먹게 되면, 만약에……

순간 초연이 했던 말이 생각났다. 정신줄을 놓으면 안 된다. 먹으면 다 괜찮을 거란 생각은 착각이다.

그것은 코를 쿵쿵대더니 이윽고 코로 뭔가를 마시듯 고

개를 뒤로 젖혔다. 할머니와 점원은 초점 잃은 눈으로 끅끅거리며 숨을 헐떡였다. 그러다 두 사람은 쓰러졌다. 잠시 후 식귀가 뒤집었던 눈을 바로 뜨고 보라색 눈동자로 우리 다섯을 쭉 둘러보았다. 눈이 순간 가늘어졌다. 방금 웃은 건가. 비웃은 것 같기도 했고, 뭔가 생각이라도 한 것 같기도 한 눈이었다. 그것은 고개를 갸우뚱한 뒤 두 다리와 두 팔로 빠르게 기어 문 쪽으로 갔다. 그리고 유리창을 통과해 밖으로 사라졌다.

나와 초연, 아저씨는 점원과 할머니에게 다가가 부축해서 일으켜 세웠다.

"괜찮으세요?" 아저씨가 말했다.

"아, 괜찮아요." 점원이 일어나며 말했다.

할머니도 초연의 도움을 받아 천천히 몸을 일으켜 세워 앉았다.

"근데, 학생. 볼이 참 곱고 예쁘네." 할머니가 말했다.

"네?"

"아무도 도와주지 않아. 젊을 때로 돌아가면, 남편도 있고 자식들도 있을 거야. 먹으면 가질 수 있어. 먹으면……"

할머니가 중얼거리더니 초연의 얼굴을 향해 입을 벌리고 달려들었다. 초연은 손바닥으로 할머니의 입을 막고 저지

했다.

"아, 이거 끝났어. 바람 빨린 거야!" 초연이 소리쳤다.

아저씨가 할머니를 초연으로부터 떼어냈다. 아저씨는 할머니에게 주먹을 수없이 날렸다.

어안이 벙벙한 채 서 있는 내 옆에서 점원이 일어났다.

"맞아, 아무도 도와주지 않아. 먹을 거야. 그리고 가지고 만다." 점원이 말했다.

놀란 나는 점원 쪽을 돌아보았다.

"뇌, 뇌가 먹고 싶어. 너 머리 좋지? 빨아서 후루룩 마시면 끝내줄 것 같은데. 그러면 지금 준비하는 것들도 꽤 잘 풀릴 거야."

그가 나를 덮치자 아저씨가 뒤에서 달려와 점원을 끌어내 머리를 잡고 바닥에 몇 번 내려찍었다. 그러자 할머니가 아저씨에게 엉겨 붙은 뒤 볼을 물어뜯었다. 그가 비명을 질렀다. 가방을 멘 초연이 나타나 할머니를 끌어내 바닥에 내동댕이쳤다.

"초연아, 아저씨. 여기서 나가야 해요. 나가야 한다고요!" 내가 자리에서 일어나 외쳤다.

나와 아저씨, 초연은 푸드점 문을 열고 밖으로 달렸다.

"우리 집이 근처에 있어. 날 따라와요!" 내가 둘에게 말했다.

　나는 집으로 가는 방향을 향해 뛰었다. 길바닥에는 훼손된 시체들과 여기저기 흩어진 차들로 가득했다. 뛰다 보니 가로수에 사람이 붙어 그걸 갉아먹고 있었다. 그는 우리를 보자 환호성을 치며 달려들었다.

　아저씨가 우리를 가로막고 주먹을 휘둘렀다. 그러자 나무를 먹던 사람은 끝이 날카로운 나뭇가지를 아저씨의 목에 박아 넣었다. 아저씨는 쓰러지고 초연이 비명을 지르며 욕설을 내뱉었다. 그는 아저씨의 목에서 나뭇가지를 빼고 목을 물어뜯었다. 내가 아저씨를 도우려 하자 초연이 말렸다.

　"야! 됐어. 그만해! 가야 돼!" 초연이 소리쳤다.

　집으로 뛰어가는데 저만치 앞 아파트 화단에서 시체를 뜯어 먹고 있는 사람이 보였다. 우리는 황급히 큰 나무가 많은 근처 화단에 몸을 숨겼다. 나는 휴대폰을 켜 경황을 보았다. 군대와 경찰이 정비를 완료하고 통제해 나가는 중이라는 기사가 떴다. 이것이 분노와 식탐을 불러일으키는 신종 전염병이 아닌가 하는 기사도 있었다. 저 멀리서는 가끔 고함 소리가 터져 나왔다.

　"저 사람, 등도 돌리고 있고 시체에 넋이 나가 있어서 여긴

보지 못할 것 같아. 여기서 대강 상황 좀 보다가 소리 안 나게 천천히 걸어가자." 초연이 속삭였다. "아, 나 때문이야. 그게 나타났을 때 놀라서 아무것도 못 했어. 양밥도 소용이 없었어. 무당이라는 게 겁먹고 아무것도 못 했어."

그리고 초연은 두 손에 얼굴을 파묻고 흐느끼기 시작했다.

"아니야, 넌 최선을 다한 거야."

나는 초연의 등에 손을 대고 토닥였다. 초연은 잠시 그렇게 울더니 다시 고개를 들어 호흡을 하며 스스로를 진정시켰다.

나는 그 모습을 잠시 보다 뭔가 생각나 입을 열었다.

"잠깐만, 이대로 집에 들어가면…… 누나가 아직 밖에 있어. 아직 살아있을까?"

초연은 날 물끄러미 보더니 눈물을 닦고 가방을 열고 정육면체의 나무 주사위들과 방울을 꺼냈다. 나무를 쏟아 손가락으로 건들더니 방울을 흔들지는 않고 잡고 눈을 감고 있기만 했다. 잠시 후에 눈을 떴다.

"너, 누나 어쩔 거야?"

"계획은 없어. 무사히 구할 수 있을지 모르겠어."

"내 말 들어봐." 초연이 말했다. "그놈 만만한 놈은 아니야.

황토 가루도 뿌려놓고 부적도 다 나눠줬는데 다 뚫고 들어왔어. 일반적인 방법으로는 퇴치가 안 될 것 같아. 굿판을 벌일 수 있는 상황도 아니고. 그래도 그 식귀란 놈한테 한방 먹이는 방법이 있대. 그놈 뱃속에 들어가는 거야.”

“뱃속에 들어가면 정신이 나가는 거잖아.”

“그러니까. 포기하는 마음을 일시적으로 먹은 다음 그 안에 들어가서 다시 정신을 차리는 거지. 그리고 안에서 흔드는 거지. 안에 들어가면 이런저런 바람들이 있을 거야. 너는 누나를 구하고 싶으니까. 누나를 찾으면 되는 거겠지. 구체적으로는 나도 모르겠어. 펀치를 먹이거나. 다 엎어서 헤집어놓는다거나. 그러면 놈이 빨아먹은 것들을 다 토하게 돼. 잠시 동안 정신줄을 놔서 약해지거나. 운이 정말 좋으면 도망가서 얼씬도 못 하게 되겠지. 그놈은 늘 배가 고프니까. 토하는 걸 두려워하거든. 뭐 이것도 너희 누나가 살아있을 때의 이야기지만.”

“자살 행위로 보이는데. 너 잘 알고 말하는 거야?”

“내가 옆에서 양밥으로 어떻게든 도울 거야. 넌 어때? 난 직업 정신이 있어. 이래 봬도 무당이니까. 저 흉악한 놈을 가만히는 못 두고 보겠어. 나 사실, 아까 그놈이 바람 빨아 먹으려고 할 때, 순간 중년 남자를 아무나 잡아서 먹고 싶었어. 넌 그런 거 없었어? 내가 아버지가 안 계셔서 그런 건가. 이대로 여기에 있다간 그놈이 뿜어대는 파장 때문에 미쳐 버리다 결국 나도 먹혀버릴지도 몰라. 이번에는 꼭 만회할 테야.”

이런 상황에서 무사히 누나를 구할 수 있을까. 그냥 이대로 집에 들어가는 게 좋지 않을까. 그때, 누나가 했던 말이 생각났다.

나는 네 편이었는데, 너는 나 괄시하잖아.

그렇다. 누나는 늘 내 편이었지만 나는 누나를 이해하지 못하고 내버려두었다. 하지만 이제 누나의 마음을 알 것 같았고, 다시는 홀로 둘 수 없었다.

“가보자.” 내가 말했다.

초연은 가방을 열어 부엌용 칼 두 개를 꺼냈다.

“거기서 빠져나오기 전에 챙긴 거야. 또 무슨 일이 생길지 몰라.”

“너. 정신줄을 놓은 사람들이 먹힌다고 그랬지?” 칼을 받은 뒤 뭔가 생각난 내가 말했다.

“맞아.”

갑자기 한 장면이 떠올랐다. 내가 9살 때였나. 나와 누나가 함께 혼난 적이 있다. 구체적인 내용이 기억은 안 나지만, 늘 그랬듯 성적과 생활 관련이었다. 부모님은 두 분 다 기준이 높았다. 아무리 잘해도 못 한 것 하나 때문에 혼났다. 누나와 나는 함께 혼나면 항상 단지의 놀이터로 가곤 했다. 그네에 앉아 내가 눈물을 글썽이면 누나가 옆에서 위로를 해주곤 했다. 그러다 누나는 하늘을 보며 놀이터를 서성였다. 그리고 다시 날 다독이며 집으로 들어갔다.

우리는 위험을 무릅쓰고 누나를 찾아나서기로 했다. 내가 누나를 직접 보면 내 맘에 동요가 올 것이었고, 그러면 식귀가 다시 찾아올 수도 있을 거라 짐작했다.

초연과 나는 조심스레 주변을 살피며 놀이터로 향했다. 놀이터 옆에는 한 정자가 있었고, 우리는 주변을 살피며 정자가 있는 길을 통해 조심스럽게 한 발 한 발 놀이터 쪽으로 갔다. 그때, 정자 옆 화단의 풀숲에서 소리가 들렸다.

"학생들!"

우리는 놀라 그쪽을 바라보았다. 풀숲 사이로 검은 앞치마를 입고, 머리가 대부분 벗겨진 중년 남성이 앉아, 장기로 보이는 것을 질겅질겅 씹고 있었다. 입 주변과 앞치마는 피와 흙으로 범벅이 되어 있었다. 그의 앞에는 뼈가 다 드러난 시체가 보였고, 피로 얼룩진 살점들이 그 옆에 쌓여 있었다. 남자는 정육점 칼을 들고 천천히 일어났다. 왼손으로는 배를 부여잡았다. 그 남자를 어디서 봤는지 기억났다. 패스트푸드점에 처음 들어갔을 때, 입구에서 칼로 한 남자의 목을 긋고 배를 갈라 그 속을 파먹은 그 남자였다.

"잠깐만, 나 이상한 사람 아니야. 이리 좀 와 봐." 남자가 말했다.

"놀이터 가는 길이잖아. 우리 저거 못 피해." 초연이 절망적인 눈빛으로 나를 바라보며 말했다.

"그냥, 아저씨가 정육점 하는데. 살을 좀 발라가면 안 될까? 너무 배고파서 뱃살이랑 내장 쪽은 지금 먹어야 하고. 아무도 날 안 도와줘. 고기를 비축해 둬야 해."

어안이 벙벙해진 우리가 가만히 있자 남자는 우리를 향해 달려왔다. 나는 초연의 앞을 막아섰다. 그는 칼을 휘둘렀고 내 옷이 찢기며 가슴 쪽이 베였다. 극심한 통증이 느껴지며 비명이 터져 나오려고 했다. 나는 다시 한번 칼을 휘두르려는 남자의 손을 왼손으로 잡고 오른쪽 팔에 쥔 칼로 그를 찌르려 했지만, 그는 내 칼날을 왼손으로 꽉 쥐었다.

"이 험난한 세상에서는 사람이 곧 돈이지. 너희 둘 다 발라버릴 테다."

가슴에 베인 통증 때문에 힘이 잘 들어가지 않았다. 그때, 남자의 뒤로 돌아간 초연이 그의 어깨에 칼을 찔러 넣었다. 남자가 비명을 지르며 내 배를 발로 걷어찼다. 내가 넘어지자 그는 초연의 머리채를 잡고 정자의 기둥에 머리를 쳤다. 초연이 억 소리를 내더니 몸을 버둥거렸다. 남자가 두 번째로 초연의 머리를 기둥에 찍으려는 찰나 나는 남자가 놓친 칼을 들고 그에게 다가가 휘둘렀다.

남자의 목에서 피가 뿜어져 나왔다. 그는 쓰러져 컥컥댔다. 내 심장이 쿵쾅거렸다. 그리고 이내 속에서 뭔가가 올라왔고 나는 속을 게워 냈다.

초연의 머리에서는 핏방울이 한 방울씩 이마를 타고 흘러내리고 있었다.

"괜찮아?" 내가 물었다.

"괜찮을 리가." 초연이 억지웃음을 지으며 답했다.

"고마워."

"이럴 시간 없어. 놀이터, 누나가 있는지 없는지 가보자."

놀이터에 가보니 누나는 미끄럼틀 아래에 숨어 몸을 구부리고 있었다. 그녀는 콜록거리며 뭔가를 먹고 있었다. 자세히 가서 보니 자신의 왼팔 팔뚝을 뜯어먹고 있었다. 누나는 기침을 하다 고개를 들어 나를 보았다. 누나와 눈이 마주쳤다. 그녀의 입 근처에는 흙과 피가 범벅이 되어 있었다. 순간 뭔가 산산이 무너지는 듯한 느낌이 들었다.

어느새 나타난 식귀가 기구 밑으로 기어 왔다. 그는 내 이마에 손을 대었다. 싸늘한 느낌이 느껴지고 누나의 일기장이 떠올랐다.

나는 내 미래를 상상해 보았다. 막연히 멋질 거라고 여겼던 그것을 구체적으로 하나하나 형상화해 보았다. 매 순간별로 대단할 것도 없었다. 고독하고 힘들기만 할 것이었다. 전혀 설레지 않았다. 결국 어느 순간에 나는 누나처럼 삶을 지겨워하고, 의미 없이 속을 채우는 것에 빠지게 될지도 모를 일이었다.

어느새 나는 어디론가 빨려 들어가고 있었다. 시커먼 하늘 위를 빠르게 날아가는 느낌이 들었다.

잠시 후 나는 검은색 벌판에 서 있었다. 하늘은 구름도 없고 별도 없이 시커멓기만 했다. 저 멀리 몇 겹의 산들이 보이고 말라비틀어진 나무들이 드문드문 보였다. 내 주변으로 사람들도 몇몇 보였다. 그들은 자리에 앉아 흙을 손으로 퍼먹고 있었다. 내 몸이 무거워지고 잠이 왔다. 허기가 져 움직이기 싫고 아무런 생각도 하고 싶지 않았다. 발걸음이 떨어지지도 않았다. 여기에 있는 것이 최선일지도 모른다는 생각이 들었다. 끝인 것이다. 무의미한 삶 속에서, 의미 없는 발버둥을 멈춘 채.

극심한 허기가 느껴졌다. 이대로 참다간 몸이 크고 차갑고 깊은 구덩이 속으로 빨려 들어갈 것만 같았다. 아무런 의미도, 희망도, 행복도 없을 것만 같은 곳으로. 뭐라도 먹는다면 이 고통이 끝남과 동시에 기분이 좋아지고 온 세상이 의미로 가득할지도 모른다. 누나를 구하는 것도 중요하지만 일단 이 순간을 살아야 하지 않을까. 배를 채우면 삶을 살아갈 원동력도 넘쳐날 것 같고, 외로움도 없어지고 좋은 에너지로 충만해져서 잠시 후에는 아무것도 안 먹고도 살 수 있을 것만 같았다.

발밑에는 흙이 가득했다. 먹을 게 가득하군. 먹어주마. 온 세상이 놀랄 만큼 먹어치워 주마. 먹으면 가질 수 있다. 나는 흙을 두 손으로 집어 입에 쑤셔넣고 씹어 삼키려고 했다…….

그때 향내가 코를 찔렀다. 그리고 하늘에 메아리가 울렸다.

"*성진아! 정신 차려. 뒤지고 싶냐!*"

초연의 목소리였다. 정신이 번쩍 들었다. 배는 여전히 고팠으나 계속 앞으로 나아가야 했다. 나는 일어섰다. 순간 또 다른 목소리가 울렸다. 미성의 남자 목소리였다. 식귀인 건가.

"둘 다 너무 고군분투하는구나. 무당아. 어린애가 벌써부터 그렇게 귀신이랑 놀다니 안됐어. 평생을 그렇게 살아야 할 텐데. 너무 외롭고 처절한 삶이구나."

"주둥아리 싸물어! 난 신 받은 거 후회 안 해."

"너무 공허한 삶 아닐까? 어머니도 너무 슬퍼하시잖아. 오죽했으면 그러겠니. 얘야, 바보 같은 동자 말고도 먹을 건 많아. 내 말을 들어. 먹으면 가질 수 있어. 네 앞에 있는 남자애의 뇌를 먹으면 해결돼. 그러면 무당 짓 안 하고 남들처럼 정상적으로 살아갈 수 있어. 일단 실컷 먹고, 힘내서 새로운 삶을 살아보는 거야."

초연은 한동안 말이 없었다. 그러다 다시 그녀의 목소리가 하늘에 울렸다.

"그래, 맞아. 난 잃어버린 게 많아. 하지만 꼭 인생이 한 길만 있을까. 좋은 게 뭔지 알아? 너 같은 잡놈들을 쫓아버릴 수 있다는 거야. 앞으로 너무 재밌을 것 같은데."

"이 새파랗게 어린 년아. 인형으로 장난치는 거 그만둬! 집어삼켜버린다!"

초연이 식귀와 대치하며 시간을 벌어주고 있는 것 같았다. 나는 속도를 높여 걸으며 사람들 사이로 누나를 찾아보았다. 머지않아 사람들 사이에 앉아 있는 누나의 뒷모습이 눈에 들어왔다. 나는 겨우 움직여 옆으로 가 누나의 왼쪽 팔목을 잡았다.

"누나, 누나! 내 목소리 들려? 나가자. 빨리 나가자."

누나가 고개를 돌려 나를 보았다.

"됐어. 가긴 어딜 가. 이 정도 하면 된 거야. 됐어 이제."

"여기 있으면 끝장이야. 그냥 죽는 거야!"

"차라리 뒤지는 게 나아!" 누나가 소리쳤다. "속이 계속 허전하고 외로워. 채워지지가 않아. 이런 걸 위해서 살지 않았어. 도대체가 수지가 맞지 않아! 이건 아니잖아! 내가 어떻게 살았는데. 나도 멋진 사람이 되고 싶었단 말이야. 근데 아무것도 없어. 보잘것없어. 너무 지루해. 해도 해도 끝이 없어. 나는 계속 모자라. 그냥 세상의 작은 톱니바퀴일 뿐이야. 별것도 아닌 걸 위해 홀로 이 사회에서 피 터지게 남들과 싸워야 해. 다른 사람들은 어떻게 살아가는 거야? 이 지옥을? 원래 모습으로 돌아갈 자신이 없어. 나는 됐어 이제. 난 이런 걸 위해 산 게 아니야. 이제 됐어."

누나는 넋을 놓고 서럽게 울었다. 나는 그걸 지켜보다 그녀의 어깨를 감쌌다. 이제는 누나를 이해할 수 있었다. 삶은 복잡하다. 마음대로 되지 않는다. 그리고 실망의 순간은 누구에게나 찾아온다. 인간은 그걸 아무렇지도 않게 털어낼 만큼 강하지 않다. 나에게도 그런 순간은 언젠가 올 것이었다. 그렇게 강했던 누나에게도 온 것처럼. 다른 모든 사람들처럼 누나도 그런 시기를 맞은 것뿐이었다. 하지만 그렇게 포기할 수는 없지 않은가.

"지금 바깥에는 시체 천지야." 내가 말했다. "누나 마음 자세히는 모르지만, 열심히 살아왔다고 해서 전부 다 행복하고 완벽할 수는 없잖아. 누나처럼 실망하고 미친 듯이 먹다가 사람들이 만든 꼴이 시체 천지가 된 길바닥이야. 밖에 있는 누나는 아직 살아있어. 아직 기회가 있어. 꼭 예전의 각오를 다시 찾을 필요도 없다고 생각해. 꼭 최고일 필요도 없다고 생각해. 기대랑 다르다고 해서 벌써 끝낼 필요는 없지 않아?"

나는 누나가 내 팔뚝을 먹고 싶어 했던 걸 기억했다. 왜 그랬는지 이유를 알 것 같았다. 누나에게는 자신을 안아 줄 두 팔이 필요했던 것이었다. 나는 누나를 꼭 껴안았다. 한 손으로 누나의 등을 쓸어주었다. 이젠 내가 누나를 감싸줄 차례였다. 누나는 참았던 모든 울분을 쏟아내듯 더욱 크게 울었다.

"여러 고민 했던 거 알아. 그래도 삶에 한 길만 있는 건 아니잖아. 지금까지 잘해왔잖아. 일단 다시 살아보자. 내가 형제로서 옆에 있어 줄게. 누나는 혼자가 아니야. 다시 살아보자."

그렇게 한참을 울던 누나는 숨을 추스르고 몸을 일으키려 했다. 나는 그녀의 한쪽 팔을 잡아 일어나는 걸 도왔다.

"가자." 누나가 말했다. 그리고 눈물을 닦고 일어났다.

짤랑―

그 순간 어떤 소리가 들려왔다. 초연이 흔들던 방울 소리 같았다.

짤랑―

짤랑―

나는 누나를 이끌어 방울 소리가 들리는 곳으로 걸어갔다. 조금 걷다 보니 발목까지 오는 깊이의 진흙탕물이 펼쳐진 얕은 강이 나왔다. 나는 누나를 부축해 찰팍이며 앞으로 계속 나아갔다. 방울 소리가 점점 빨라지더니 누나와 나를 이끄는 듯 저만치 앞에서 격렬하게 울려대기 시작했다.

나는 어린 시절 누나와 함께 놀이터에서 집으로 돌아가던 밤들을 떠올렸다. 내가 놀이터에서 울고 나면 누나는 내

등을 쓸어주다 일으켜 같이 집으로 갔다. 그 시절 맞았던 바람이 느껴졌다. 집엔 무서운 부모님이 있고 할 일이 많은 내일은 끝없이 오겠지만 밤바람이 상쾌하게 불어왔다.

지진이라도 일어난 듯 우리가 걷는 땅이 흔들렸다. 무언가 나를 위로 띄워 뒤에서 앞으로 떠미는 느낌이 났다. 나와 누나는 진흙탕에서 발이 빠지고 위로 뜬 뒤, 여기에 들어올 때처럼 앞을 향해 빠른 속도로 날아갔다.

어느 순간 나는 다시 놀이터에 있었다. 누나는 내 팔을 물고 있다가 놓고 옆에 쓰러졌다. 식귀의 입에서 쉭쉭대는 바람 소리가 터져 나왔고, 그것은 땅에서 몇 초간 발버둥쳤다. 잠시 후 식귀는 쇳소리 같은 비명을 토해냈다. 그것의 입에서는 여러 덩이의 바람들이 터져 나왔다. 식귀는 그렇게 계속 토하더니 빠른 속도로 기어 어디론가 사라졌다.

땅에 털썩 주저앉은 초연은 나와 눈이 마주치자 조심스레 고개를 끄덕였다. 그녀의 앞에는 나무못이 박힌 작은 짚 인형과 불이 꺼진 향초들이 있었다. 정신을 차린 누나는 피투성이가 된 자신의 왼쪽 팔뚝을 보며 놀란 뒤 고통에 찬 신음을 냈다.

"뭐야, 이거 내가 이런 거야? 네 팔은 어떻게 된 거야? 꿈이 아니었어?" 누나가 말했다.

"괜찮아. 누나, 조금만 참아. 이제 다 끝났어." 내가 말했다.

잠시 후 확성기에서 들려오는 목소리들과 차 소리가 들려왔다. 잔잔한 바람이 내 볼을 스쳐 갔다. 우리는 살아 있었다.

* * *

식귀는 그렇게 사라졌다.

우리는 경찰들의 도움을 받아 병원으로 이송되었다. 누나는 여러 부위의 상처들과 정신 감정의 필요에 의해 입원하고, 나와 초연은 짧게 치료를 받았다. 정부와 매스컴에서는 우리 동네에 일어난 일에 대해 아무런 갈피를 잡지 못하는 것 같았다. 이 사건은 원인 불명의, 일시적인 집단 광증으로 남게 되는 것처럼 보였다.

어느 날 나와 초연은 학교의 철봉 옆에서 다시 만났다.

"누나는 좀 괜찮냐." 초연이 물었다.

"응, 팔은 수술받아야 될 것 같은데, 다른 데는 크게 문제 없는 것 같아. 당분간 입원은 좀 하고 있어야 할 것 같고."

"물론 내가 다른 무당들이랑 같이 막아보겠지만. 식귀란

놈, 언젠가 다시 돌아올지도 몰라. 한 번에 떠날 놈이 아니
야. 그때는 다른 주술어를 가지고 나타날 가능성이 높아. 갑
자기 미친 듯이 배고프면, 또 식귀가 주변에 나타난 거야. 그
때 나한테 연락해 줘.”

“심각하긴, 나 그렇게 호락호락하지 않아.”

“그리고 주변 사람들을 외롭게 남겨두지 마. 특히 누나 말
이야. 우리 약속해.”

“알았어.”

초연과 나는 서로의 새끼손가락을 걸고 엄지를 맞추었다.

지금도 공부를 하다 보면 가끔씩 사람들이 배고파 날뛰
며 먹을 것을 달라고 하는 모습이 그려진다. 그리고 누나가
오열하며 했던 말들도. 그럴 때면 내가 삶에 대해 가졌던 의
지도 조금 흔들리고, 식귀가 나타나서 검지와 중지를 내 이
마에 갖다 댈 것만 같다. 그러면 나는 고뇌를 짊어진 것이
나 혼자만은 아니라는 사실을, 우리가 서로를 안아줄 수 있
다는 사실을 떠올린다.

그날, 동좀하초 재배실에서

그날, 동좀하초 재배실에서

담장

인간에서 먼 존재가 인간의 속성을 예찬하는 이야기를 좋아한다.
구름의 무질서에서 강아지를 찾아내고 무생물에게까지 인격을
부여하며 힘껏 사랑하는 지구인을 외계인의 입장에서 바라보곤 한다.
여성서사와 SF를 주력으로 쓴다.

◪ 영상 1. 광고 영상

|◀ ‖ ▶| [─●────────────]

가죽이 벗겨져 손질된 새하얀 실뭉치가 컨베이어 벨트를 타고 내려온다.

이건 A등급, 이건 B등급……

실뭉치의 끝에는 제각기 품질 등급이 적힌 꼬리표가 하나씩 붙는다. 실타래는 150cm에서 180cm까지 길이가 다양한데 그중 길이가 50cm 이하인 것은 실이 부드러우면서도

잘 끊어지지 않아 특등품으로 취급된다. 신뢰감을 주는 내
레이터의 목소리가 흘러나온다.

저희가 생산하는 비단은 100% 진품입니다. 당일 탈피를
마친 재료만을 사용합니다.
우리 아이들에게 안심하고 입힐 수 있어요!

뒤이어 아이 둘을 가진 부모의 밝은 목소리가 따라 나온
다. 활짝 웃는 아이들의 모습과 장인들이 실뭉치를 풀어 옷
감을 짜는 모습이 오버랩된다.

당신의 소중한 사람에게 부드러움을 선물해 주세요.

화면의 암전과 더불어 음향 페이드 아웃.

▨ 영상 2. 다큐멘터리

카메라는 바닥에 놓인 플라스틱 소주 박스로 화면을 옮
긴다. 소주 박스에는 소주 대신 녹색 피부 가죽이 차곡차곡

쌓여있다. 앵글을 조금 올리자 컨베이어 벨트 위에 놓인 유리 상자가 나타난다. 카메라의 초점이 유리 상자 내부에 있는 것을 포착하고 실루엣이 점차 명확해진다.

충분히 먹이를 먹인 동좀하초에게 고통을 주면, 좀비에 기생하던 균사체는 숙주를 쓸모없어졌다고 여기고 탈피합니다.

유리 상자 내에서 좀비가 한 차례 경련한다. 곧 부들부들 떨던 좀비의 얼굴 가죽이 찢어지며 새하얀 실뭉치가 모습을 드러낸다. 그러면 컨베이어 벨트를 지키고 서 있던 직원들이 유리 상자에 달린 문을 열고 바닥에 떨어진 좀비 가죽을 떼어 소주 상자에 던져 넣는다. 가끔 탈피가 일어나다 만 동좀하초의 경우 살가죽이 하반신이나 상반신에서 걸려 버리기 때문에 떼어내는 게 쉽지 않다. 그럴 때는 일단 해당 유리 상자를 다른 컨베이어 벨트로 이동시킨다. 탈피가 끝까지 잘 일어난 상품은 A코스 컨베이어 벨트로, 그렇지 않은 건 B코스 컨베이어 벨트로. 두 가지 갈림길에서 동좀하초의 품질이 처음 결정되는 것이다. 불량품이 들어온 B코스에서는 사람들이 날이 잘 벼려진 칼로 가죽을 긁어낸다. 노

련한 솜씨로 가운데의 실을 건들지 않고 가죽만 벗겨낸 것
들 중 품질이 괜찮은 건 다시 A코스에 합류하고 나머지는
폐기 처분된다.

카메라가 바삐 움직인다. A코스로 간 실뭉치들은 커다
란 솥에서 한 번 삶아진다. 직원들이 삶아진 실의 한쪽 끝
을 자동화된 물레에 걸면 실이 둘둘 말리며 뽑힌다. 실은 약
48시간 동안 쉼 없이 뽑히게 된다. 실이 전부 뽑힌 후에는
사람의 뼈가 남는다. 내장은 동충하초들이 전부 빨아먹었기
에 없으므로, 깔끔하게 분리된 유골들은 따로 모아 빈 부지
의 구덩이에 우르르 쏟아져 매장된다. 직원들은 물레에 걸
린 실을 빼내어 서로 엉겨 붙은 실들을 떼어내는 작업을 한
다. 이후 실 감기, 베날기, 베 짜기, 화학적 처리까지 일련의
과정을 거치면 오늘날 모든 사람들이 걸치고 다니는 옷의
원단이 만들어진다.

우리 회사의 모토는 정직, 그 자체입니다. 전체 공정 과정
을 투명하게 공개함으로써, 품질 보장과 신뢰성을 얻어갈 수
있습니다.

내레이션이 나오고 또다시 화면 페이드 아웃.

*

영상이 끝나자마자 함성이 들려온다. 단상 위에 내리쬐는 노란 불빛이 시리도록 밝다. 나는 숨을 참았다. 손에 들린 상패가 스포트라이트를 받고 반짝인다. 속이 메스껍다. 품에 안은 꽃다발의 향이 내 손에서 나는 악취와 뒤섞여 역했다. 입고 있던 옷이 나를 어루만지고 나는 몸이 쥐어뜯기는 기분을 느낀다. 따가운 조명 때문에 자꾸만 눈물이 고였다. MC는 내가 감격해서 눈물을 머금은 줄 알고 격려의 박수를 보내달라고 부탁한다. 관중들은 그에 답한다. 맨 앞줄 오른쪽 구석에 수애 씨가 활짝 웃으며 박수를 친다. 멀끔하게 정장을 차려입은 자가 내게 무언가를 건넨다. 나는 그걸 받아 들고, 그 자리에서 까무러친다. 사람들의 웅성임이 들리고 분주한 발걸음 소리가 귓가를 맴돈다. 흐려지는 의식 가운데 수애 씨의 얼굴이 갈라지는 게 보였다. 인간 가죽이 지퍼를 내리듯 매끄럽게 아래로 벗겨지고 그 안에 있던 존재가 모습을 드러낸다. 밀웜 같은 하얀 실타래. 그것은 한 차례 꿈틀대다가, 나를 향해 정중하게 허리를 숙이며 인사한다.

상 받은 거 축하해요. 은진 씨. 여기 캔커피.

* * *

'우웩. 그냥 아아나 사 올걸.'

편의점에서 사 온 캔커피를 따 한 모금 마셨다. 맹숭맹숭한 목 넘김에 되려 텁텁함이 느껴진다. 혀끝에 남아 맴도는 꿉꿉한 맛에 괜히 마셔 입맛만 버렸다는 생각이 들었다.

"안 마실 거면 제가 마실래요."

서서히 찌푸려지는 내 미간을 포착한 민수애가 내 손에서 캔을 빼냈다. 그는 단번에 캔을 비워내고 웃음기 어린 표정으로 날 보았다.

"수애 씨 거 따로 사 왔는데요."

"그럼 그것도 마시죠, 뭐."

'취향하곤.'

저 맛대가리 없는 게 뭐가 그리 좋다고. 웃기는 인간이다. 가끔 해맑게 웃어 보이는 수애 씨를 보면 저게 정말 '나랑 정반대의 인간이구나'라는 생각이 들곤 했다. 나나 수애 씨나 둘 다 귀찮은 일에는 엮이기 싫어하는 평범하디 평범한 소시민이긴 하지만 수애 씨는 뭔가…… 해맑다. 그리고 감정적이다. 슬픈 영화를 보면 어김없이 눈물을 흘리고 설령 그게 아동용 애니메이션이라 하더라도 수도꼭지는 마를 새가 없다. 반면 난 로봇 깡통 소리 듣는 인간이고. 그러니 나는 정말 민수애가 어떻게 이런 회사에서 일을 하는지 이해가 되질 않았다. 액션 영화에서 조금만 폭력적인 장면만 나와도 지레 눈을 감는 사람이 이런 그로테스크한 곳에선 어떻게?

"할 말 있어요?"

"아뇨."

수애 씨의 질문에 나는 고개를 돌렸다. 우리는 영양가 없는 잡담을 끝내고 다시 모니터에 집중했다. 사내 전력은 최소한으로만 유지되었고 우리가 있는 CCTV 방에만 노랗고 침침한 전등이 하나 달려 일시적으로 어둠을 몰아내고 있었다. CCTV는 층마다 있는 넓은 스마트팜의 내부를 실시간으로 촬영하고 있다. 생장을 촉진하는 분홍색 조명 아래에는 썩어 문드러진 녹색 가죽을 입은 마네킹들이 영안실처럼 일정한 간격으로 안치되어 있고 그들은 전부 벨트에 묶여 있다. 마네킹의 팔다리와 얼굴, 몸통에는 제각기 다양한 모양의 가지 같은 게 자라고 있다. 간혹 마네킹들은 가지의 뿌리가 안으로 파고들 때마다 묶인 신체를 한 차례 움찔댔다. 나는 하품을 한다. 수애 씨도 졸린지 따라서 하품을 한다. 마네킹의 움직임에도 우린 그다지 동요하지 않는다. 사실, 애초에 그것들은 마네킹이 아니다. 마네킹에 자라는 것도 식물 같은 게 아니다.

우리는 그것들을 동좀하초라고 부른다.

좀비들의 몸에 의도적으로 동충하초 균을 집어넣으면 그들은 좀비의 부패한 내장들을 파먹고 영양분을 얻는다. 그들은 좀비의 뇌를 조종하지 않는다. 대신 좀비의 팔다리를 직접 움직인다. 좀비는 저항하지 않는다. 애초에 좀비에게 의식이 있는지 없는지 여부는 밝혀진 바가 없으나 윤리적인 문제를 따졌다면 애초부터 좀비를 비료로 삼아 작물을 재배하는 일은 없었으리라. 게다가 동충하초 균은 숙주의 몸에 화학 물질을 주입하므로 설령 의식이 있다 하더라도 자신의 몸에 이상한 게 자란다는 사실에 거부감을 느끼지도 않을 터였다.

'저거 하나에 도대체 얼마야…… 저 층에 있는 거 다 팔면 강남 한복판에 집도 살 수 있겠다.'

나는 속으로 입맛을 다셨다. 적막 속의 꿈틀대는 시체들을 보는 건 입사한 지 얼마 되지 않은 신입에게나 공포스럽게 느껴지지 어느 정도 짬이 찬 회사 직원들에겐 그저 지루하고 귀찮은 일일 뿐이다. 나와 민수애도 마찬가지였다. 우리에게 좀비란 그저 돈으로밖에 보이질 않았다. 사실 이 직종에 종사하지 않는 사람 누구라도 이렇게 생각할 것이다. 여전히 도심에는 가난한 집의 가장이 가족들을 먹여 살리기 위해 스스로 동좀하초 균을 주입받고 살아있는 비료가 되었다느니, 좀비 말고 인간을 비료로 삼으면 영양분이 10배가 된다느니 하는 괴담이 돌지만 R사의 연구부서에서 개발한 동좀하초 균이 사람에게는 아무런 영향을 끼치지 못한다는 건 자명한 사실이다. 동좀하초가 산삼 저리 가라 할 정도로 귀한 보약 취급당하기 시작한 건 비교적 최근의 일이었다. 좀비가 거리를 배회하고, 사람들은 좀비를 기피하며 멀찍이 떨어져 걷거나 아니면 빙 돌아서 가버린다든지 하는 시기는 지났다. 이제 거리에선 좀비를 볼 수 없다. 나타나더라도 사람들이 잡아다가 자기 보약 해 먹으려 하지. 길바닥에 금덩어리가 나타났는데 못 본 척하고 지나갈 사람이 몇이나 된다고. 스르르 눈이 풀려가는데, 수애 씨가 팔을 쿡쿡 찔렀다.

"은진 씨, 이것 좀 봐봐요."

"어디요?"

"6층 맨 끝 방이요. 여기. 불 깜빡이는 곳."

민수애가 손가락으로 화면을 가리키며 말했다. 정육점처럼 불그스름한 불빛이 나오는 조명이 자꾸만 깜빡깜빡, 음산한 분위기를 연출하고 있었다. 나는 졸린 눈을 비비고 헤드셋을 썼다. 그도 헤드셋을 끼고 해당 방에서 실시간으로 녹음되는 소리를 켰다. 그때였다.

퉁.

"어우 깜짝이야!"

"으악!"

헤드셋에서 금속판에 부딪혀 울리는 진동 같은 게 새어 나왔다. 조명이 픽 꺼지며 CCTV가 야간모드로 녹화를 시작했다. 흑백 사진 같은 화면 속 구석진 테이블 뒤에서 무언가 구부정한 실루엣이 서서히 걸어 나왔다. 처음에는 퇴근을 안 한 직원인 줄로만 알았다. 하지만 이 시간에 직원이 저기서 기어나올 일이 뭐가 있겠는가. 업무 시간에 저기에서 깜빡 잠들었다가 뒤늦게 이제 일어난 거라고? 아무리 좀비에 진절머리 나도록 익숙해졌다지만 상식적으로 저곳이 마음 놓고 편안하게 잠들 수 있는 공간은 아니지. 차라리 도둑이라면 몰라도.

……잠깐, 도둑?

그 순간 온몸에 소름이 돋았다. 회사에서 좀비가 탈출하는 것보다 사내에 도둑이 들어 난장판을 만드는 게 더 공포스러운 일이었다. 좀비 탈출에 관한 매뉴얼 정도는 달달 외우고 사니까 차라리 좀비가 탈출하는 건 별 문제가 되지 않는다. 언제나 문제가 되는 건 사람이다. 나는 자리에서 벌떡 일어나 손전등을 챙기고 CCTV실을 나가려 했다. 수애 씨가 내 팔을 붙잡으며 물었다.

"거기 가시게요? 손전등 하나 들고?"

"도둑이면 어떡해요. 가서 잡아야죠. 안 그럼 당직 선 우리가 깨질 텐데."

"그럼 경찰 부르고 저도 같이 가요."

나는 녹화 중인 화면을 힐끗 보았다. 민수애는 스마트폰을 꾹꾹 눌러 전화를 걸었다. 영상 속 의문의 사람은 30구가 넘는 동좀하초의 거름들을 하나하나 유심히 들여다보고 있었다. 얼굴, 팔, 다리, 키, 체형…… 사람을 구분할 수 있는 모든 것들을 일일이 체크하며 그는 걸음을 옮긴다. 전부 다 훔쳐가긴 힘드니 그중 상태가 가장 양호한 한 구만 가져가려는 건가.

'왜 하필 내가 당직일 때 이런 일이 일어나는 거야. 귀찮게.'

속으로 불평을 터트리는데 갑자기 CCTV실의 전등과 모니터가 모조리 꺼지고 사방이 어두컴컴해졌다. 일대가 완전히 어둠 속에 휩싸인다. 정전인가? 수애 씨가 팔을 높이 뻗어 스마트폰을 이리저리 휘젓더니 이상하다는 표정을 짓는다. 급기야 창문까지 열어 팔을 내민 그는 한참 있다가 도로 팔을 집어넣으며 말했다.

"갑자기 통신이 안 잡혀요. 112도 전화 신호음이 연결되다가 받기도 전에 뚝 끊기는데요?"

나는 얼굴을 쓸어내리며 한숨을 푹 내쉬었다.

"일대가 정전되면서 통신도 마비됐나 봐요. 그렇다고 이대로 도둑을 둘 수도 없는 거고 일단 6층에 가 봐요. 그 방에 가둬두든 뭘 하든 둘이서 가면 하나쯤은 제압할 수 있겠죠."

*

전형적인 공포물에서나 나올 법한 정전 해프닝과 반드시

사건 현장에 가야만 한다는 의무감이 우리를 6층 복도 끝 재배실로 안내했다. 잠겨있어야 할 문은 아니나 다를까 열려 있었고 안에서 인기척이 들렸다. 무어라 속살거리는 소리에 나와 민수애는 손전등 밝기를 낮추고 문밖에서 대기했다.

"으⋯⋯ 으으⋯⋯ 흐⋯⋯⋯⋯."

흐느끼는 음절 사이에 몇 가지 단어들이 뭉그러진 채 흘러나오고 있었지만 미세하게 하나하나를 뜯어볼 여유는 없었다. 나는 수애 씨에게 손짓하고 손전등과 문을 번갈아 가리켰다. 민수애가 오케이 사인을 보내자 우리는 작전을 개시했다.

"하나, 둘, 셋⋯⋯!"

수애 씨가 문을 열고 동시에 내가 손전등의 밝기를 최대로 올려서 침입자의 얼굴을 비췄다. 어둠에 익숙해진 침입자는 번쩍이는 빛에 눈을 가리고 비틀댔다. 우리도 쨍한 빛에 눈살이 찌푸려지긴 했지만 눈을 아예 못 뜰 정도는 아니었다. 재배실 안의 좀비들은 여전히 몸이 묶인 채 고개만 돌려 우리를 바라보고 있었다. 동좀하초들은 빛을 좋아한다. 동시에 목이 돌아가며 텅 빈 눈동자로 우릴 뚫어져라 쳐다보는 광경에 약간의 소름이 끼쳤지만 그들을 고정시킨 벨트가 풀어질 일은 없으니 안심이 됐다. 다만 문제는 야밤에 남의 회사에 기어들어 와 있는 여자다.

'작정하고 이곳을 털겠다는 복장이네.'

여자의 머리는 조금 부스스하지만 하나로 단단히 묶여 있었고 손에는 목장갑을 끼고 있었다. 활동성 좋은 운동화와 추리닝 차림의 그는 철제 책상에 놓아둔 빠루를 잡아 우리에게 겨눴다. 다른 팔에는 눈코입으로 가지가 튀어나와 얽힌 좀비가 안겨 있다. 포자가 가볍게 흩날리고, 그게 조용히 울었다. 여자가 비명을 질렀다.

"씨발! 꺼져, 다 꺼져! 다가오지 마!"

원래라면 라이트를 눈을 쏴서 당황하게 만든 다음 바로 덮칠 예정이었는데. 침입자의 날카로운 목소리에 우리는 한 발짝 뒤로 물러났다.

"진정하세요, 일단 진정…… 진정해요. 우리 대화로 합시다. ……그리고 그것 좀 내려두시고요."

나는 그의 손에 들린 빠루와 그가 안고 있는 좀비를 번갈아 손가락질했다. 당연하게도 침입자는 전혀 진정이 되질 않았다. 오히려 둔기를 붕붕 휘두르며 위협적인 제스처를 취했다. 그래, 이 정도에 진정할 사람이면 애초에 여길 안 들어왔겠지.

"어떻게 들어온 거예요?"

내 물음에 그는 반응하지 않았다. 다만 자신의 품에서 말소리도 내지 못하는 좀비를 끌어안고는 분노에 이글거리는 눈동자로 우릴 노려볼 뿐이었다. 나는 조용히 머리를 굴렸다. 때마침 일대에 대규모 정전이 일어나고, 보안 카드가 있어야만 지나갈 수 있는 곳을 그것도 혼자서, 혼자서 뚫고 창문도 없는 방에 침투했다? 회사 내의 침입자 경보조차 울리지 않았다는 건 좀처럼 말이 되지 않는다. 핑핑 돌아가는 연산들 가운데 모든 가능성은 한 가지로 수렴했다.

'개인이 아니야……'

그렇다면 누구지? R사를 견제하는 다른 회사? 동좀하초 배양 독점권을 포기하라고 하더니 도둑질이라도 하려고? 하지만 그게 중요한 게 아니었다. 이대로라면 내가 책임을 지게 된다. 그게 그 무엇보다도 싫었다. 그때 건너편 방에서 우당탕 물건이 떨어지는 소리가 들렸다. 곁눈질로 동태를 살피는데 침입자는 그 틈을 놓치지 않고 나와 민수애를 옆으로 밀치고 좀비와 함께 도망쳤다.

"수애 씨! 잡아요! 나는 다른 방 가야 하니까!"

"무…… 무서운데……"

"가!"

“헉, 네……!”

여자를 쫓아간 민수애를 뒤로 하고 나는 건너편 방으로 넘어갔다. 문을 열자 어둠 속에서 부산스럽게 움직이고 있던 사람들과 눈이 마주쳤다. 하나, 둘, 셋, 넷…… 총 열 명 남짓한 사람들이 재배실의 좀비를 묶은 벨트를 풀고 있었다.

“다들 빨리 움직여! 들켰어!”

‘이것들이 단체로 미쳤나! 왜 하필 오늘이야!’

여자 남자 젊은 사람 나이 든 사람 할 것 없이 한데 섞인 사람들이 우왕좌왕하며 좀비를 하나씩 둘러멨다. 그중 체격이 좋은 사람들이 앞으로 나와 나를 견제했다. 여자 하나 상대로 쪼잔한 거 아냐? 나는 침착하게 주변을 살폈다. 창문은 없으니 문만 막으면 퇴로를 차단할 수 있다. 이거라도 위안 삼아야 하나. 나는 손전등을 최대 밝기로 켜 복도를 밝히고 방 안에 들어갔다. 체격 좋은 남자가 나를 향해 뛰어왔다. 나는 허리를 숙여 간신히 그를 피한 다음 바퀴 달린 철제 테이블을 한 손으로 끌어왔다. 1m 정도의 길쭉한 테이블은 꽤 높았고, 나는 그걸 카트처럼 밀며 내게 다가오는 사람들을 뒤로 몰아붙였다. 그들이 건너편 벽으로 바짝 몸을 붙이고 눈빛을 교환했다. 그리고 동시에 양쪽에서 나를 덮치려 들었다. 나는 가만히 있다가 그들이 가까이 왔을 때 살짝 몸을 뒤로 뺐다. 사람들이 서로 부딪히고 누군가는 물건을 던졌다. 아수라장이었다. 나는 날아오는 파편들을 팔로 막으며 문으로 뒷걸음질 쳤다. 저 멍청이들이 간과한 게 있다면 두 가지가 있다.

일단 동좀하초는 밝은 빛을 좋아한다. 그리고 두 번째, 사람들은 날 붙잡기 위해 붙들고 있던 좀비들을 잠시 내버려 두었다.

"저 인간 잡아!"

덕분에 아수라장이 된 틈을 타 좀비들은 내 쪽에 무척 가깝게 와 있었고 나는 그들의 팔을 낚아채 하나씩 방 밖으로 내보냈다. 물론 그들도 뒤늦게 그 사실을 깨닫고 발악을 하며 날 막으려 했지만 다행히 거기에 있던 좀비는 열 마리밖에 없었다.

'등신들.'

유리 파편에 긁혀 이마에서 뜨거운 피가 흘렀지만 괜찮았다. 머리보단 어깨와 왼팔이 더 아팠다. 날아오는 것들로부터 얼굴을 보호하기 위해 팔로 막았건만 아마 소매를 걷어 올리면 온통 멍자국이 되어 있을 터였다. 열 마리의 동좀하초들이 복도에 있는 손전등에 우글우글 모여 쪼그려 앉아있는 걸 확인한 나는 재빨리 문을 닫고 보안카드로 잠갔다. 그리고 건너편 방에서 무거운 가구란 가구는 전부 긁어모아서 문을 막았다. 보안을 해킹할지 어떻게 알아. 애초에 여기 들어올 때 보안 경보 울리지도 않던데. 게다가 일대를 정전시킬 정도의 능력과 조직력이라면 그깟 것은 당장에나 풀고 나올 게 뻔했다. 나는 좀비들의 발목에 달린 돼지 품질표 같은 걸 읽었다.

김영애, 강현수, 민수환, 서주리, 채서경…… 그들이 사람이었을 적의 이름과 당시의 나이, 언제 동좀하초 균을 주입받았는지 등이 간략하게 적혀 있었다. 세세한 내용은 명단을 확인해야겠지만. 좀비에게 이름표가 붙어 있다는 이유만으로 연민을 느끼지는 않는다. 그건 편리한 일이었다. 다 썩어서 살점이 떨어져 나갔는데 그게 사람으로 보일 리가 있나. 이름표만 없으면 가족도 못 알아보겠는데. 이름표를 바꿔치기라도 하면 영락없이 전혀 다른 좀비를 보고도 자신의 가족이라며 주장할 테다. 안타깝다고 해야 하나 멍청하다고 해야 하나.

'내가 상관할 바는 아니지.'

하지만 그딴 사소한 것 따위에 관심은 없었다. 내게 중요한 건 당장의 상황을 해결하는 것이므로 오늘만, 오늘만 잘

넘기면 다시 재고 정리를 하고 일상으로 복귀할 수 있다. 그러면 모든 게 나아질 것이다.

'그러니까 정전 끝나고 경찰 연락 닿을 때까지만이라도 시간을 끌어야 해.'

나는 그렇게 생각하고 손전등을 주워 들고 뛰었다. 좀비들이 내 불빛을 보고 따라왔다. 최대한 안전한 곳에 그들을 놓아넣은 다음 나는 수애 씨를 찾아 건물을 헤맸다.

*

"수애 씨 어디 있어요! 수애 씨!"

목이 터져라 민수애를 불렀다. 전기는 아직도 돌아올 기미가 없었고 나는 어둑한 복도를 달리며 그를 찾았다. 그때 4층 비상구 계단 쪽에서 수애 씨의 악다구니가 들려왔다.

"은진 씨! 여기예요! 비상구! 4층 계단!"

"바로 갈게요!"

나는 근처 재배실에서 메스를 챙겨 달렸다. 원래라면 야구 배트 정도의 둔기를 챙겼겠지만 회사에 그런 게 어디 있겠는가. 무거운 비상구 문을 열어젖혔더니 여자와 민수애가 서로의 멱살을 잡으며 구르고 있었다. 좀비는? 나는 수애 씨에게 입을 뻐끔거렸다. 민수애는 비상구 계단 밑으로 눈길을 주었다. 저 밑에 있구나. 나는 계단을 내려갔다. 여자는 내가 자신을 때리기라도 할 줄 알았는지 눈을 질끈 감았지만 나는 바로 좀비에게 달려갔다. 그리고 그것의 손목을 낚아채 무작정 빈방을 찾아 뛰었다. 여자는 비명을 지르며 민수애의 얼굴을 가격하고 나를 쫓아왔다.

3층 사무실에서 따라 잡힌 나는 좀비를 구석으로 몰아넣고는 여자와 좀비 가운데 서서 그들이 만나지 못하게 했다. 그리고 뒤이어 절뚝이며 따라온 민수애가 여자를 뒤에서 붙잡아 때렸다. 그가 난생처음 듣는 목소리로 욕설을 뱉어냈다. 순한 사람인 줄로만 알았는데 의외였다. 아깐 무섭다고 징징대며 가더니만. 나는 발버둥 치는 여자의 얼굴을 잡아 눌렀다. 민수애가 주먹질을 하며 떨리는 목소리로 말했다.

"개, 개자식아! 네가 그렇게 감싸고도는 조…… 좀비 때문에 내 오빠가 죽었다고! 지금은 다들 좀비가 우스운 줄 알지만 팬데믹 초기에 얼마나 많은 사람들이 죽었는지 알아? 너 같은, 너 같은 것들은 죽어야 해! 좀비고 뭐고 전부 불태워 죽여버려야 하는데, 우리가 친히 안 죽이고 일을 시켜주겠다잖아……"

"너도 좀비가 될 수도 있어. 너는 안 될 것 같아? 네 주변 인은 평생 인간으로 살 것 같아? 걔네도 좀비가 되고 싶어 서 된 게 아니야, 좀비도 인간이었⋯⋯"

"내 일 아니야 시바아아알! 좀비가 될 바엔, 차라리 죽는 게 나아!"

민수애가 목을 긁는 소리를 내며 울부짖었다. 주먹을 맞 을 때미디 침입지의 고기기 돌아갔지만 여자는 말을 멈추 지 않았다. 뭔 소리들을 하는 거야. 뒤늦게 그들에게 합류한 나는 이전의 상황을 이해할 수 없었지만 민수애를 말리는 게 급선무였다. 나는 그의 팔을 잡고 진정시켰다.

"수애 씨, 수애 씨. 이제 그만해요. 그만."

나는 말을 하다 멈췄다. 수애 씨도 주먹질을 멈췄고 바닥 에 깔린 여자 혼자서 헐떡일 뿐이었다. 무언가 이상했다. 이 상하리만치 방이 밝았다. 나는 라이트를 두고 왔는데. 아직 해가 뜰 때도 안 됐는데. 그리고 내가 뒤를 돌았을 때, 구석 에 있던 동좀하초의 얼굴에 하얀 꽃이 피어있었다. 정확히 는 꽃처럼 생긴 게 파랗게 번뜩였다.

그걸 본 순간 머릿속에 단 하나의 외침만이 떠올랐다.

'안 돼! 상품가치 떨어진다고!'

동좀하초는 6년 남짓을 살고 1년에 한 번씩 수확을 한다.

마지막 수확 시기에 동좀하초는 탈피를 하는데, 탈피 직전의 동좀하초는 가지에 꽃이 핀다. 이유는 나도 모른다. 난 연구원이 아니니까. 아마 영양분을 다 빼앗아 먹은 숙주는 필요가 없어져서 그런가 보지라고 막연하게 생각을 했을 뿐이다. 실제로 본 적도 없었다. 다만 탈피가 시작된 순간 동좀하초를 좀비의 몸에서 뜯어내는 건 힘들다고 봐도 무방하다. 탈피 전까지는 동좀하초가 내뿜는 화학물질 때문에 몸에 난 가지를 쉽게 수확할 수 있는데, 탈피 후엔 동좀하초와 무관한 그냥 썩은 좀비 가죽이 되므로 뻣뻣하게 굳어 잘 베어지지도 않기 때문이다. 그래서 보통은 탈피 시간을 조정하는데 이번엔 침입자가 들어와서 무슨 짓을 한 건지 예상보다 탈피가 빠르게 일어났다.

'저게 얼마짜린데! 탈피 전에 수확해야 해. 안 그럼 나 내일 왕창 깨진다고.'

수확은 처음이었지만 어렵지는 않을 것 같았다. 가끔 수확 장면을 감독하는 일을 맡기도 했으니까. 그리고 상사한테 깨지는 것보단 좀비 얼굴에서 버섯 뜯어내는 게 차라리 내겐 더 쉬운 일이었다.

"수애 씨, 저 여자 못 움직이게 계속 잡아둘 수 있죠? 저는 저거 탈피하기 전에 수확해야 해요."

나는 주머니에서 메스를 뽑아 들고 멍청하게 서 있는 좀비에게 달려들었다. 이런 일이 있을 줄은 몰랐지만 어쨌든 챙겨 온 게 다행이었다. 좀비가 쿵 소리를 내며 넘어졌고 나는 그게 저항하지 못하도록 빠루를 녀석의 목을 눌렀다. 손을 치켜올리고 들고 있던 칼을 좀비의 머리에 겨눴다. 바닥에 엎어져 있는 그것의 새하얀 가지가 바스락댔다. 눈구멍이고 입구멍이고 죄다 가지들로 삐져나온 탓에 좀비가 아니라 나무를 죽이는 듯한 기분이 들었지만 알 게 뭐람. 포자가 반짝이처럼 흩날리고 서늘하게 번뜩이는 칼날이 그의 눈구멍에서 자란 동좀하초를 베어내기 일보직전의 상황이었다.

"내…… 내 동생이야아아아! 내 동생이라고!"

여자가 미친 듯이 비명을 지르며 나를 밀쳐냈다. 분명 민수애가 붙잡고 있었을 텐데!

"수애 씨 그 여자 잡으랬잖아요!"

수애 씨를 향해 다급하게 소리쳤지만 그는 망연자실하게 주저앉아 상황을 쳐다볼 뿐이었다.

"오…… 오빠…… 오빠아……."

민수애는 울고 있었다. 좀비에게 정신 팔려서 제대로 못 듣긴 했는데 저 여자가 민수애에게 뭐라고 말하긴 했었다. 시발, 도대체 뭐라고 말했길래 애가 저 모양이야.

이대로면 침입자에게 칼을 뺏겨서 내가 죽게 될지도 몰랐다. 빠르게 기어 오는 여자를 보고 나는 반사적으로 눈을 감은 채 팔로 얼굴을 막았다. 하지만 여자는 나를 거들떠보지도 않고 지나쳐 좀비에게 기어가 그를 끌어안았다. 나 같은 건 안중에도 없다는 듯. 불행 중 다행인 건가. 그는 부들부들 떨리는 손길로 좀비를 쓰다듬으며 연거푸 괜찮다고 다독였다. 좀비도 울음을 터트렸다. 말을 할 순 없지만 가지밖에 남지 않은 눈구멍에서 눈물 비스무리한 게 흐르고 있으니 운다고 말할 수도 있겠지.

기괴했다. 이 모든 상황이. 좀비를 동생이라고 애타게 부르며 울부짖는 모습이, 눈물을 흘리는 좀비의 모습이. 동생. 그래 동생. 이윽고 모든 퍼즐이 맞춰지고 의문의 침입자에 대한 두려움은 서서히 경멸로 바뀌어 갔다. 좀비 인권이니 뭐니 시위해 대던 인간들 중 하나라는 사실을 알게 되자 지긋지긋함이 공포를 압도했다. 민수애에게도 자기도 동생이 있니, 사실 그게 저 좀비라니 그런 말들을 늘어놨을 것이다. '웃기지도 않아.'

회사 앞에서 피켓을 들고 시끄럽게 구호를 외치는 족속들을 생각하면 아직도 진절머리가 난다. 아직도 좀비가 자신의 가족인 줄 아는 미련한 것들. 백신을 제때 맞지 못하고

운 나쁘게 좀비에게 물린 사람의 가족들은 여전히 그것을 좀비가 아니라 자신의 가족이라 여기고 있었다. 그들은 좀비권이니 뭐니 우스운 소리를 지껄이며 시위를 하거나 SNS에 동좀하초의 비윤리적인 재배를 규탄하는 해시태그를 쓰며 온갖 글을 올려댔다.

'그런다고 뭐가 바뀌어? 좀비가 된 지 너무 오래되어 인간으로 되돌릴 수도 없고, 그렇다고 좀비가 생산성 있는 일을 할 수 있는 것도 아닌데.'

미련한 짓이다. 저 여자처럼. 나는 속으로 혀를 찼다. 차라리 좀비는 동좀하초가 되는 게 나았다. 사회적으로도 말이다.

*

좀비 자체는 하등 쓸모가 없다. 게다가 위험하다. 그리고 이때 위험하다는 말은 할리우드 액션 영화에서나 나올 법한, 정말로 좀비들이 인간을 잡아먹는 상황을 뜻하는 게 아니다. 그들은 느리기 때문에 앞에서 가만히 '나 좀 물어주십시오' 하는 게 아니라면 물릴 일이 없다. 설령 물린다 하더라도 사람들은 이미 좀비 바이러스 항체 백신을 맞기 때문에 좀비로 변할 확률은 아주 희소했다. 그럼에도 왜 좀비들을 위험 인자로 취급하냐면, 그들이 어느 순간 터질 수 있기 때문이다. 죽은 고래가 해안가에 떠밀려 왔을 때 사체에 가까이 가면 안 되는 이유는 그것이 터질 수 있기 때문이다. 생명 활동을 멈춘 유기체는 부패하면서 내부에서부터 가스가 차오른다. 좀비도 마찬가지다. 그것들은 걸어다니는 시한폭탄과 다름없다. 그게 만약 길거리에서 터지면 어떻게 될까? 사람들은 그로테스크하고 악취가 나는 피와 내장 덩어리들을 비처럼 맞으며 비명을 지를 것이다. 실제로도 그런 일이 뉴욕 지하철에서 발생한 적이 있다고. 터질 위험도 있고, 느려서 육체노동을 시킬 수도 없어, 말은 또 더럽게 못 알아처먹지. 좀비는 그냥 기피 대상이 되었다. 그리고 R사, 그러니까 내가 현재 매여 있는 회사는 '그것들'을 '그들'로 바꾸었다. 리사이클(Recycle)의 첫 글자인 R을 따온 이 회사는 정말로 좀비를 재활용했다. 쓸모없는 것을 어떻게든 쓸모 있는 것으로 바꾸는 건 R사의 장기 중의 장기였다. 한마디로 골수까지 빼내는 데 최적화된 회사. 정직이 회사 모토라는 건 내가 봤을 때 그냥 구라에 불과하다. 하지만 회사가 만들어 낸 결과가 낭비되는 노동력 없이 모두가 쓸모 있는 쾌적한 사회를 만든다는 점에서 그 부분만큼은 존경할 만했다.

좀비의 정수리 가죽이 벗겨질락 말락 했다. 여자는 좀비를 데리고 절뚝거리며 복도로 도망쳤다. 나도 욱신거리는 팔을 부여잡고 그를 쫓았다. 우리는 비상구를 통해 8층 비품실까지 추격전을 벌였다.

"언제까지 이럴 거야! 미친 새끼야 빨리 안 서? 헉, 헉……
개 같은 것들아……"

끝나지 않는 추격전에 숨이 턱턱 막혔다. 민수애는 따라오지 못했다. 바보처럼 멍하니 그곳에 주저앉아 있겠지. 시키는 일조차 제대로 못 하고. 옆에서 걸리적거릴 바에는 차라리 나 혼자 가는 게 나았다. 여자가 비품실에 들어가 문을 잠그려 했다. 나는 있는 힘껏 몸으로 문을 열었고 여자는 뒤로 자빠졌다. 비품실 안으로 들어와 문을 닫자 여자가 뒤로 물러났다. 비품실에는 창문이 있어서 그들을 가두는 건 불가능했다. 8층이긴 하지만 단체의 다른 사람들이 로프를 타든 뭘 하든 이 벌레 같은 족속을 빼돌릴 가능성이 있었다. 그러니 나는 정전이 끝나고 경찰과 연락이 닿을 때까지 그들의 발을 여기에 묶어두어야 한다. 동좀하초는 침대와도 같은 테이블 위에 안전하게 누워 있었다. 꼴에 자기 동생이라고 싸움 휘말리지 않게 두겠다는 거야, 뭐야. 그가 좀비를 토닥이자 굳이 묶어두지 않더라도 그것은 차분하게 누워서 기다렸다. 나는 그 기괴한 장면을 지켜보았다. 그리고 내 정신이 다른 곳에 팔린 와중에 여자가 내게 달려들었다. 그가 한 손으로 내 목을 움켜잡고 내동댕이쳤다. 바닥에 머리를 부딪힌 바람에 골이 울렸다. 손을 떼어내려고 했는데 어지러움에 시야를 맞추는 것도 힘들었다. 팔이 뒤로 꺾이고 손목에 포박용 케이블 타이가 걸렸다.

'이딴 건 어디서 구한 거야……'

여기서 묶이면 답도 없었다. 비튼다고 끊어질 재질로 보이진 않았다. 그러니 안 묶이는 게 상책이겠지. 나는 타이가 손목 두께만큼 줄어들어 고정되기 전에 재빨리 빼내 그를 밀쳤다. 여자가 비틀거렸고 나는 얼굴을 쓸어내리며 몸을 가누고 일어났다. 있는 힘껏 그의 배를 밟았다. 그가 신음을 내며 바닥을 굴렀다. 입에서 피 맛이 났다. 엎치락뒤치락 데굴데굴 구르며 서로가 우위를 점하려 했지만 좀처럼 결판이 나질 않았다. 그의 몸 위에 올라타 주먹질을 했는데 여자가 한 손으로 내 머리채를 잡고 끌었다. 다시 내가 밑이 되고 그가 내 뺨을 후려갈겼다. 이번에는 정말로 끝을 보겠다는 건지 손에 들어간 힘에서 벗어날 수가 없었다.

"네가 포기하면 다 끝날 일이야! 널 해칠 생각은 없어. 다만 우릴 방해하지는 마. 그러면 더이상 안 때릴게."

여자가 처절한 목소리로 말했다. 눈물을 뚝뚝 흘리며, 좀비만 내보내주면 다른 건 안 건드리겠다면서. 나는 코웃음을 쳤다. 한 손으로는 그를 밀어내려 애쓰며 다른 손으론 바닥을 더듬었다. 마침 손에 무언가 차갑고 단단한 게 집혔다. 나는 그걸 휘둘렀다. 여자가 머리를 부여잡고 쓰러졌다. 그 틈에 나는 벌떡 일어나 여자의 머리맡에 섰다.

내 손에 들린 선 빠루였나. 나는 그가 또 도망치기라도 할까 몇 차례 더 빠루로 그를 내리쳤다. 분노가 치밀었다. 상황을 이 지경까지 만든 게 누군데 봐주긴 누가 봐주겠다고? 안 그래도 머리가 깨질 듯이 아픈데 계속해서 층을 오가며 술래잡기를 했더니 정상적인 사고가 불가능에 가까워졌다. 나는 가쁜 숨을 몰아쉬며 고함을 질렀다.

"씨발……! 씨발 새끼야아아! 너 때문에 이게 뭐 하는 짓이야! 어? 허억, 단체고 나발이고 떼거리로 지랄이야……. 네 눈엔 저게 사람으로 보이냐? 좀비가 아직도 네 가족으로 보여? 웃기고 있네. 걔넨 사회악이야……. 거리를 더럽히는 존재들인데 우리 때문에 겨우 쓸모를 찾은 거라고……."

얼마나 세게 내리쳤는지는 기억이 나질 않는다. 그냥 때리다 보니 그간 참고 있던 말이 터져 나왔고 말을 하다 보니 감정이 거세졌을 테다. 그러다가 정신을 차려보니 우지끈,

소리가 나더니 무언가 팍 터지는 소리가 났다.

"어……."

그는 더 이상 저항하지 않았다. 이미 그렇게 된 지 오래였다.

바닥에 널브러진 침입자가 파르르 경련했다. 터진 머리에서 노른자가 흘러나오듯 붉은 핏물이 끈적하게 바닥을 적셨다. 그제야 내가 무슨 짓을 한 건지 실감이 났다. 자극적인 장면에 흐릿했던 정신이 잠시나마 선명해졌다. 뇌는 젖 먹던 힘까지 전부 끌어모아 온갖 방도로 정신을 부여잡게 했다. 갑자기 현실감이 들이닥치고 나는 순간 파도의 너울에 몸을 맡겼을 때 느끼는 아찔함을 경험했다.

*

'미친, 미친……'

이러려던 게 아니었는데. 나는 당장 눈앞의 증거를 없애기 위해 빠루를 발로 차 구석으로 밀어넣었다. 시발…… 시발. 두 손으로 얼굴을 가리고 읊조리기 시작했다. 아마 그것은 일종의 자기방어 기제일 테다.

"난 시키는 대로 할 뿐이야. 알잖아? 일개 직원에게 무슨 힘이 있겠어. 그러니까 날 너무 원망하진 마. 그러게 보상금 준다고 했을 때 받아먹고 떨어졌어야지…… 어차피 너희도 말만 번지르르 인권이니 뭐니 하지만 정작 몸 아프면 동좀하초에서 추출한 약 먹을 거잖아. 이, 이…… 이 위선자들아."

정신이 아득해졌다. 정신적인 충격인지 뭔지 몸이 비틀거렸다. 그러게 왜 하필 내가 당직일 때 회사에 들어와서 나를 살인자로 만들어. 팔다리를 제대로 가누기조차 힘들었다. 그리고 그때, 나는 이상한 광경을 목격했다.

'저게 뭐야……'

갑자기 미동도 없이 누워 있던 동좀하초의 몸이 쑤욱, 일어나 앉더니 두 팔을 사용하지도 않고 무릎으로 번쩍 일어선 것이다. 나는 정신줄을 부여잡고 그것에게 시선을 고정했다. 그것은 팔다리를 몸에 밀착한 채 일자로 서 있었다. 나는 그것에게서 시선을 떼지 않은 채 본능적으로 뒷걸음질 쳤다. 곧 정수리부터 발끝까지, 지퍼를 내리듯 좀비의 썩어 문드러진 얇은 살가죽이 주욱 하고 갈라져 벗겨졌다. 좀비의 목뼈 사이로 서서히 커다란 밀웜처럼 생긴 하얀 벌레가 고개를 내밀었다. 나는 구역질이 나올 것 같은 기분을 참으며 뒷걸음질로 문에 바짝 달라붙었다. 자세히 보니 벌레가 아니라 실타래처럼 뭉친 균사체였다.

'탈피했어…… 탈피했는데 왜 움직이는 거야?'

가죽은 벗겨졌으나 안에 사람 뼈는 남아 있으니까 그런 건가? 탈피한 동좀하초를 실제로 본 것은 이번이 처음이었다. 당혹감에 제대로 된 사고가 일어나지 않았는데, 문득 한 가지 의문이 들었다.

탈피를 한 후의 동좀하초는 어떻게 되는 거지?

그리고 그 의문은 곧바로 해결되었다.

막 탈피를 끝낸 동좀하초가 나를 향해 기어 왔다. 애벌레처럼 배밀이를 하며 불쑥 내 앞에 튀어나왔다. 나는 비명을 지르며 넘어졌다. 문손잡이를 움켜잡고 문을 열어야 하는데 문고리가 그대로 빠져버렸다. 나는 미친 듯이 문을 두들겼다.

"사…… 살려주세요! 거기 누구 없어요? 문 좀 열어주세요! 살려줘!"

육중한 철문을 쾅쾅 두들기는 진동이 몸을 타고 고스란히 전해졌다.

하얀 번데기가 일어나 인사를 하듯 정중하게 허리를 숙이고, 머리 부분이 갈라진다. 쩌억 갈라진 실타래 속에서 나는 검은 입을 보았다. 입이 있을 리가 없는데 내가 그렇게 보는 건지. 그것에게서 풍기는 향을 맡는 순간 나는 그 입에 자발적으로 들어가고 싶은 충동을 느꼈다. 그리고 내가 문에서 손을 떼고 하얀 실타래에게 다가가려던 그때, 밖에서 문이 열렸다.

"은진 씨! 괜찮아요?"

민수애였다. 그가 내 팔을 끌어당겨 방 밖으로 꺼냈다. 숨통이 탁 트이면서 나는 한순간 그것의 입에 들어가려던 충동을 잊어먹었다. 동좀하초가 뱉어내는 화하 물질…… 꽃향기가…… 나는 잠시 그것에게 홀렸던 것이다. 온몸에 소름이 끼쳤다. 그리고 이제는 이해할 수 있었다. 동좀하초는 탈피한 직후 에너지가 필요해서 무언가를 잡아먹는다. 그러니 충분한 에너지만 있다면…….

나는 고개를 돌려 민수애를 바라보았다. 수애 씨가 내게 무어라 속삭이고 있었다.

"그리고 은진 씨, 저…… 저 할 말 있어요. 사실 아까 그 여자가 말해준 건데 저희 오빠 먹힌 게 아니라 중간에 도망쳤대요, 그…… 그런데 집에 안 돌아왔으니까 좀비가 된 것 같은데, 그러면, 그러면……"

이제야 깨달은 건데 민수애는 꽤나 눈에 띄게 떨고 있었다. 나를 밖으로 빼내는 와중에도 내 팔을 잡은 손이 덜덜

진동하고 있었다. 그러나 그의 사정은 별로 궁금하지 않았다. 당장 다 죽게 생겼는데 그딴 게 귀에 들어올 리가 있나.

"호…… 혹시 동좀하초 명단 확인해 줄 수 있어요? 혹시 모르잖아요, 이름은 민……"

문지방에 서 있던 번데기가 입을 벌렸다. 그의 말이 끝나기도 전에 나는 몸에 힘을 실어 민수애를 방 안으로 밀쳤다. 그의 몸이 휘청거리며 내게서 떨어져 나갔다. 열린 문 앞에 사람만 한 번데기가 있었다. 민수애는 곁눈질로 그걸 보더니, 다시 나를 보았다. 처절하게 배신당한 눈빛으로. 원망 섞인 눈으로. 내가 말했다.

"미안해요. 수애 씨."

구해줬잖아. 내가 구해줬는데 어떻게…… 방문이 닫히는 순간 문틈 사이로 그의 눈길이 그리 말하는 듯했다. 나는 아이러니하게도 민수애를 이해했기 때문에 그를 주저 없이 밀칠 수 있었다. 싸구려 신파극 따윌 보고도 질질 짤 정도로 공감 능력 높은 사람이 이런 지저분한 일을 할 수 있었던 건 자신과 타인을 동떨어진 존재로 봤기 때문이겠지. '내일 아니니까.'라며. 하지만 이제는 범주가 바뀌었으니, 같이 살아서 나가면 회사를 고발할지도 모른다. 내 살인까지도. 모조리.

그렇게 둘 순 없지.

문에 난 불투명한 창을 통해 그것의 실루엣이 보였다. 실타래가 수애 씨를 머리부터 삼켰다. 보아뱀처럼 씹지도 않고 꿀꺽꿀꺽 통째로 삼켜 가만히 일어서 소화를 시켰다. 소화를 시키는 동안 그것은 움직이지 않았다. 다만 그것의 안에서 무언가가 꿀렁꿀렁 몸부림을 쳤다. 문을 잠갔다. 그대로 회사 성분을 빠져나가 달렸다. 비명조차 들리지 않는 만찬이었다.

* * *

"으흐흑…… 어떡해……."

하얀 국화 사이에 민수애의 영정사진이 걸려 있었다. 장례식은 조촐하게 사내에서 치러졌다. 수애 씨의 가족은 아무도 오지 않았다. 동좀하초가 된 민수애가 관에 들어가 있었고 관 뚜껑은 열려 있었다. 직장 동료들은 비통해했고 나는 그의 사진 앞에 우두커니 서 멍하니 있었다. 현실감각이 없었다. 세상에서 붕 떠서 분리된 기분이 들었다. 그날 나는 회사에서 도망치며 출입구를 아예 봉쇄해 버렸다. 어차피 회사에 남은 직원은 나밖에 없었으므로, 그 안에 갇힌 나머지 사람들은 제 발로 회사에 기어들어 왔으니 알아서 죽든 말든 할 터였다. 그리고 결과적으로 그들은 죽지 않았다. 죽은 사람은 나와 민수애가 가장 먼저 발견한 침입자뿐이었다. 그러나 민수애는 죽은 것과 마찬가지였다. 뒤늦게 알게 된 사실이지만 탈피한 동좀하초는 에너지를 얻기 위해 생명체를 삼킨 다음 그것에게 포자를 내리고 실타래처럼 둘둘 묶인 부분은 길게 풀어져 정말로 실이 된다. 그건 일종의 생식 및 번식 활동이었다. 세대의 교체 같은 거랄까. 이전 숙주에서 얻은 좀비 바이러스를 역으로 이용해 새로운 숙주에게 주입시키고, 해당 개체를 좀비로 바꾼 다음 다시 뿌리를 내린다. 씨앗을 심는 행위라고 봐도 무방하겠지. 회사는 아마도 기뻐할 것이다. 기존에는 탈피 직전의 동좀하초는 바로 불에 소각했으므로 그런 일은 발생하지 않았지만 이번 기회에 R사는 재활용의 방법을 또 하나 습득한 것과 마찬가지니까.

또 한 가지 운이 좋다고 해야 할지 모르겠는 건 그날 일이 전혀 녹화되지 않았다는 점이다. 정전으로 CCTV가 종료된 바람에 내가 죽인 사람은 더이상 내게 살해당한 사람이 아니게 되었다. 사측에선 건물에 침입한 유가족 단체를 살인자로 몰아갔다. 나를 보호하기 위함이라기보다는 그저 이참에 단체를 아예 밟아버리기 위한 전략이겠지만 결과적으로 살인죄는 면했으므로 다행이라고 해야 할까. 죄책감과 함께 찾아드는 안도감…… 기묘한 감각에 울지도 못하고 서 있는데, 회사 동료들이 내 주위로 몰려들었다. 그들이 나 대신 펑펑 울었고 나는 속에 있는 모든 걸 게워내고 싶었다.

"수애 씨…… 엉엉엉…… 으흐윽…… 어떡해……."

"성실한 사람이었는데…… 너무 불쌍해요……. 어쩜 좋아……."

"흑흑…… 은진 씨도 많이 힘들죠? 어쩜 좋아……."

그날의 일은 말할 수 없다. 나는 말없이 고개를 푹 숙였다. 그렇게 비통해하는 동료들 가운데서 한참을 서 있었는데 가장 서럽게 울던 자가 눈물을 딱 그치곤 말했다.

"그런데 수애 씨 시체는 누가 가져가죠?"

그 말에 모두의 눈이 동그랗게 커져 반짝였다. 이제는 눈물을 훔치는 게 아니라 군침을 삼키는 듯한 표정이었다. 나는 어안이 벙벙해져 대답했다.

"그야 유족들이……."

"수애 씨 무연고자잖아요. 몰랐어요?"

몰랐다. 전혀. 내게 중요한 건 오직 내 안위뿐이었으니까. 사람들이 자기들끼리 웅성댔다.

"그때 좀비한테 그대로 잡아먹힌 사람이 수애 씨 오빠였어요. 유일한 가족이었는데 오빠가 죽고 나니 이제 친인척도 없어진 거죠. 아예. 그래서 좀비를 엄청나게 혐오했는데, 어쩜 좋아……. 자기 자신이 그렇게 될 줄은……"

"근데 이거 우리가 안 가져가면 국가가 가져가는 거 맞죠? 그냥 회사에서 가지면 안 되나. 아깝잖아요. 약으로 만들어 먹을 수 있는데."

"그럼 일단은 회사 연구실로 보낼까요? 동좀하초 균 주입해 놓고 생각하는 게 좋을 것 같아요."

머리가 어지러웠다. 그래서 무연고자니까 수애 씨 시체를 나눠 먹기라도 하자는 말인가? 나는 무언가 잘못되었음을 느꼈다. 분명 며칠 전까지만 해도 얼굴 보고 이야기하던 사람인데. 비록 내가 그를 팔아먹긴 했지만, 사지로 몰아서 실제로도 죽게 만들긴 했지만 그 시체를 먹을 정도로 비위가 강한 사람이던가?

'다들 미쳤어…… 어떻게 최근까지도 회사 동료였던 사람을……'

내…… 내 동생이야아아아! 내 동생이라고!

좀비를 끌어안고 목놓아 부르던 여자의 목소리가 오버랩되었다. 나는 무어라 말을 하려다가 그대로 뻐끔거리기만 했다. 말을 할 수가 없었다. 말을 삼키고 금붕어처럼 입술만 움질댔다. 내 표정이 서서히 굳어가는 걸 눈치챈 직장 동료들은 서로의 눈치를 살피다가 내 어깨에 손을 걸치고 말했다.

"에이…… 이건 은진 씨가 가져야지. 은진 씨 마음고생 많이 했을 텐데 은진 씨가 먹어. 그날 근무도 같이 했으니까."

"먹고 싶으면 말을 하지. 우리가 양보해야지 당연히. 은진 씨 힘들있을 텐네…… 우리가 몰랐네. 미안해. 위에다 잘 말해둘 테니까 오늘 시체 챙겨가! 아. 아니면 회사 재배실에 두고 당분간 키워도 되고! 아마 물어보면 재배실 한 칸 빌려줄 거야."

그 말을 끝으로 나는 장례식이 진행 중인 방을 뛰쳐나와 화장실로 달려갔다. 속에 있는 걸 전부 게워 내고 나자 현기증이 조금 가셨다. 두통은 여전했지만. 화장실에서 빠져나와 비틀거리며 사무실로 돌아가는데 사무실 안에서 웃음소리가 들렸다. 나는 고개를 주억거리며 대충 인사를 하고는 의자에 앉아 그대로 책상에 엎어졌다. 죽을 것 같았다. 그때 부장이 내게 다가와 엎드려 고개를 처박고 있는 내 등을 툭툭 건드렸다.

"부장님 오늘 저 몸이 안 좋아서……"

"은진 씨, 잘했어!"

"……네?"

그의 입꼬리에 미소가 걸려 있었다. 나를 제외한 팀원 모두의 얼굴에 기쁨에 충만한 함박미소가 소름 끼칠 정도로 만연했다. 부장이 들뜬 목소리로 말했다.

"은진 씨 덕분에 우리 팀 단체 포상이야!"

"그게 무슨 소리……"

"은진 씨 당직 때 좀비가 탈피했잖아, 탈피하고 남은 동좀하초 번데기에서 나온 실을 가지고 새로운 사업을 한대. 은진 씨 한동안 기절해 있어서 몰랐을 텐데, 이것 봐! 은진 씨 한테도 회의 내용은 보여줘야 하니까."

그가 핸드폰으로 녹화된 영상을 보여주었다. 영상 속에서 임원들이 실처럼 풀어진 동좀하초 균사체를 만지작거렸다.

"어? 그런데 이거, 질겨서 옷감으로 써도 될 것 같습니다."

"게다가 상당히 부드러워요."

"그래도 동좀하초에서 나온 건데 문제가 없을까요?"

"성분 분석은 전부 해봤는데 이상 없었습니다. 인체에 무해해요."

"탈피한 동좀하초를 처리할 때마다 아깝긴 했는데 이거면 동좀하초 재배 후 실까지 뽑아 먹을 수 있겠네요."

"이야, 정말 하나라도 허투루 쓰는 게 없네!"

그래서 요지는 그걸 발견한 내게 포상을 주겠다는 거였다. 팀 단체 휴가는 덤이고. 팀원들은 박수를 쳤고, 나는 파격적인 승진과 함께 일이 잘 풀리면 연말에 국제 좀비 박람회에서 발표를 할 기회를 얻었다. 빌어먹게도.

*　*　*

R사의 새로운 사업은 순식간에 확장되었다. 이제 좀비는 동좀하초로 살며 버섯을 키우다가 폐기 직전 실타래로 뽑혀 옷감이 된다. 회사는 떼돈을 벌었고 우리는 더 많은 좀비를 필요로 했다. 고급화 전략을 사용해 부자들의 눈길을 끌다가 조금 더 품질은 떨어지지만 값은 합리적인 대중적인 옷감도 판매했다. 보통 누에고치 하나에서 나오는 실은 1km에 육박하는데, 사람 크기만 한 실타래에서 뽑히는 실은 오죽하겠는가. 경제성도, 품질도 뛰어난 실을 뽑는다니 그게 좀비에게서 나온 실이든 아니든 무슨 상관이랴. 이미지는 좋은 것들을 가져다 붙여서 브랜딩 하면 되는 것이고 윤리적인 문제는 장례라는 하나의 퍼포먼스로 받아치면 그만이다. 애초에 일이 잘 풀리지 않을 거라는 내 예상과는 달

리 대중들이 좀비에게서 받는 이미지는 '건강식품'이었으므로 동좀하초 균사로 만든 옷도 선풍적인 인기를 끌었다. 이제 폐기되는 건 모든 걸 빨아 먹힌 유골뿐이었다. 회사는 좀비 유골 하나하나의 장례를 치러줄 생각은 없었다. 필요성도 느끼지 못한다. 대신 1년에 한 번 기업에서는 구덩이 앞에 제사상을 차려놓고 절을 한다.

고작 동좀하초의 탈피를 목격한 것만으로 회사가 나를 추켜세워주는 건 아마도 일이 잘 되든 못 되든 나를 방패막이 삼기 위함일 테다. 못 되면 꼬리를 자르면 되고, 잘 되면 보험용으로 날 붙잡아 두면서 콩고물을 조금 흘려주면 되니까. 그럼에도 불구하고 내가 이곳을 떠나지 못하는 이유는 보상심리 때문일 테다. 허울 좋은 행위들로 가려지고 꼼꼼히 포장된 회사를 나는 차마 떠나지 못했다. 우습게도 그들에게서 받는 돈은 내 죄책감에 대한 보상과도 같이 느껴졌으므로 나는 꼬박꼬박 출근을 했고 월급을 받았다.

이 위선자들아.

그의 시체 앞에서 읊었던 말들이 자꾸만 나를 쿡쿡 찔렀다. 과거가 그리웠다. 이렇게 깊숙하게 연관되지 않고 멀리서 지켜보면서 책임질 필요도 없이 방관하던 그때가 편했다. 어쩌면 위선자는 나일지도 모른다. 아니, 나는 위선자가 맞다.

죄책감에 몸부림치면서도 눈앞의 안온함은 포기하지 못하고 있으니까. 사실 포기할 생각도 없는 주제에 그 장면만을 복기하고 있는 것이다. 생각해 보면 그건 죄책감이 아니다. 그냥 내 인생을 괴롭게 만든 나 자신에 대한 후회라 부르는 게 더 정확하다. 그날을 기억한다. 내가 여자를 죽이고 그의 동생이었던 동좀하초가 그 광경을 본 뒤 탈피를 시작하는 장면을, 나는 똑똑히 기억한다. 동좀하초 비단 공장에서 좀비에게 충격을 가하면, 동좀하초는 탈피를 시작한다. 고통은 이른 탈피의 조건이다. 그리고 난 알고 있다. 고통이란 물리적 고통뿐만 아니라 정신적 고통 또한 포함하는 말이라는 걸.

'조…… 좀비는 의식이 없다며…… 그냥 과거에 하던 행동 양식을 습관처럼 하는 거라며…… 그, 그런데 왜 우는 건데…….'

손이 벌벌 떨렸다. 물건인 줄 알았는데 사람이었다. 사람을 셋을 죽인 거다. 침입자와 여자의 동생과 수애 씨. 그런데 아무도 날 탓하지 않았다. 오히려 박수를 쳐주었다. 그게 날 더 비참하게 만들었다. 사실 비참한 건 내가 아니라 그 세 사람일 텐데. 박람회의 마지막 날 나는 단상 위에 섰다. 사회자가 무어라 중얼거리고 커다란 화면에 영상이 지나간

다. 영상이 끝나자마자 함성이 들려온다. 단상 위에 내리쬐
는 노란 불빛이 시리도록 밝다. 나는 숨을 참았다. 손에 들
린 상패가 스포트라이트를 받고 반짝인다. 속이 메스껍다.
품에 안은 꽃다발의 향이 내 손에서 나는 악취와 뒤섞여 역
했다. 입고 있던 옷이 나를 어루만지고 나는 몸이 쥐어뜯기
는 기분을 느낀다. 따가운 조명 때문에 자꾸만 눈물이 고였
다. MC는 내가 감격해서 눈물을 머금은 줄 알고 격려의 박
수를 보내달라고 부탁한다. 관중들은 그에 답한다. 맨 앞줄
오른쪽 구석에 수애 씨가 활짝 웃으며 박수를 친다. 멀끔하
게 정장을 차려입은 자가 내게 무언가를 건넨다.

50cm 남짓의 아기처럼 작은 실뭉치였다. 나는 그걸 받아
들고, 그 자리에서 까무러친다. 실뭉치가 찢어지고 작은 내
얼굴이 모습을 드러냈다. 녹색으로 물든 썩은 머리통이 입
을 열고 내게 무어라 움질거렸다.

근데 은진 씨 시체는 어떡하죠?

'환각이야, 환각이야……'

머릿속으로 뇌까리는 음절들이 제자리를 찾아 모인다. 사
람들의 웅성임이 들리고 분주한 발걸음 소리가 귓가를 맴
돌았다. 어쩌면, 어쩌면 이것도 동좀하초가 탈피하면서 내
뿜는 화학물질로 만들어진 환상일까? 그래, 사실 나는 아

무도 죽이지 않았고 수애 씨도 좀비가 되지 않았고 그냥 평소처럼 일을 하다가 아주 잠깐…… 잠깐 그 향을 맡은 거라면 이 꿈도 언젠가 끝나지 않을까? 다른 동료 직원들이 날 구해서 병원으로 옮겨주면 난 이 환각에서 벗어날 수 있을까?

그, 그런데 만약에 지금 나, 날 홀리고 있는 동좀하초가 수애 씨면 어…… 어떡해?

흐려지는 의식 가운데 수애 씨의 얼굴이 갈라지는 걸 보았다. 인간 가죽이 지퍼를 내리듯 매끄럽게 아래로 벗겨지고 그 안에 있던 존재가 모습을 드러낸다. 밀웜 같은 하얀 실타래. 그것은 한 차례 꿈틀대다가, 나를 향해 정중하게 허리를 숙이며 인사한다.

상 받은 거 축하해요. 은진 씨. 여기 캔커피.

아, 참! 저 드디어 오빠 만났어요. 옆 방에서 자고 있더라고요. 이름은……

민수환?

엄마A 그리고 좀비

1판 1쇄 찍음 2026년 2월 9일
1판 1쇄 펴냄 2026년 2월 20일

지은이 | 배예람, 최정원, 성재하, 담장
발행인 | 박근섭
편집인 | 김준혁
펴낸곳 | 황금가지

출판등록 | 2009. 10. 8 (제2009-000273호)
주소 | 06027 서울 강남구 도산대로 1길 62 강남출판문화센터 5층
전화 | **영업부** 515-2000 **편집부** 3446-8774 **팩시밀리** 515-2007
홈페이지 | www.goldenbough.co.kr

도서 파본 등의 이유로 반송이 필요할 경우에는 구매처에서 교환하시고
출판사 교환이 필요할 경우에는 아래 주소로 반송 사유를 적어 도서와 함께 보내주세요.
06027 서울 강남구 도산대로 1길 62 강남출판문화센터 6층 민음인 마케팅부

㈜민음인은 민음사 출판 그룹의 자회사입니다.
황금가지는 ㈜민음인의 픽션 전문 출간 브랜드입니다.